U0539380

不合時宜的群像

The Group Portrait of Anachronism

書寫理論的獨行者

The Solitary Walker of Writing Theory

洛楓

Lok Fung

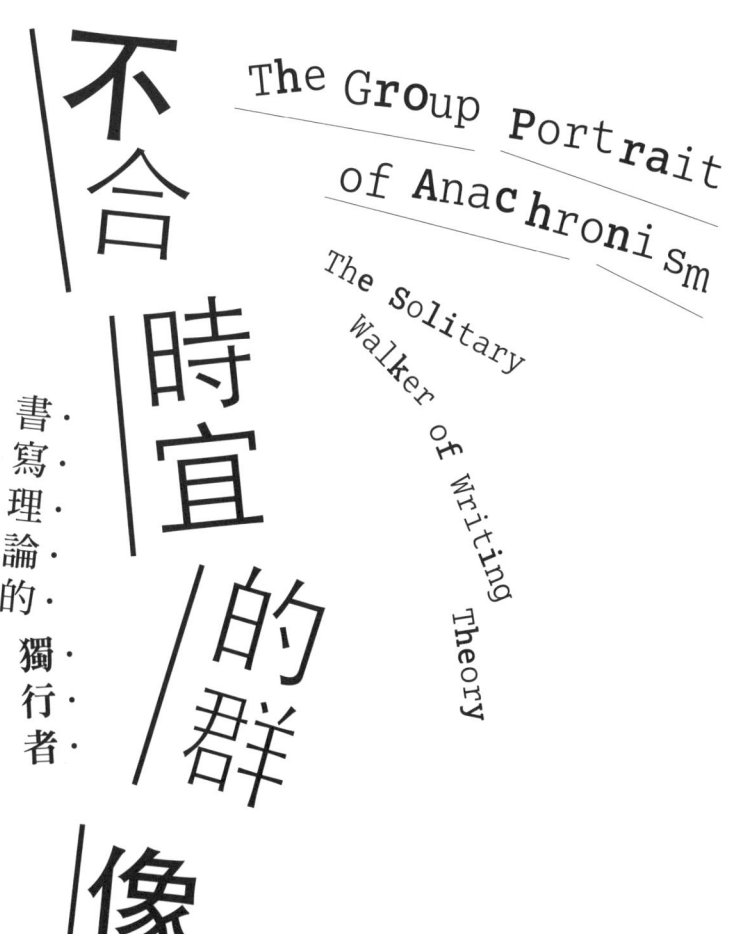

自序——暗夜獨行：理論的生命滋養……010

I 寫作學——

死前留言：羅蘭．巴特的慾望書寫……022
沒有聲音的尖叫：杜哈絲的孤獨寫作……036
寫作的身體與創傷：村上春樹的創作觀……046
凝視孤獨的深淵：里爾克的《給青年詩人的信》……056
時代的碎裂：跟創傷同命相依……064
發現病徵，成就藝術：弗洛依德的「屏障記憶」……072
在「後二〇一九」尋找書寫的靈光：班雅明的〈說故事的人〉……082
肖像畫與寫作：《刺殺騎士團長》的藝術觀……096

II 創作論——

小說的歷史學與輸入法：昆德拉的時代思慮……108
讓殘缺的字自由思考：夏宇詩學……120
站著寫作：西西的小說講臺……130
從手書記事到電腦鍵盤：日記書寫……142
解放記憶：從班雅明思考抒情詩的當世景觀……150
在亂世，我們棲居於詩：海德格的詩學……162
寫作直到世界終結：貝列西寫在動盪時期的詩……174

III 藝術評論

文字的刀刃：評論人作為藝術家……199
為誰而寫和寫了甚麼：藝術評論的危機與機制……204
讓我散落四周：福柯的〈甚麼是作者？〉……216
如何說好論辯：伊格頓的〈評論的功能〉……228
功利庸俗的評論機制：蘇珊・桑塔的〈反詮釋〉……236
拒絕溫柔的年代：札記《藝術評論的終結》……248
不合時宜與透視黑暗：阿甘本論「當代性」……268

洛楓是我當年的同事，她的新書，內容豐富，都是我喜歡的題目，真是迫不及待想拜讀。作家和散文家筆下的理論，就是與眾不同，可以把文化理論融入 essays 的模式。

——**李歐梵**（學者）

在孤獨的核心兀然四望，書寫的策略原來如此豐饒。洛楓為作者和評論人燃點的指路明燈，有意無意地完成了辯證的溝通。能與一個又一個「孤清」的身影相遇，注定必須獨然，卻不寂寞。

——**朗天**（文化評論人）

做不合時宜的事，往往就是合時的。洛楓，她喜歡思考，喜歡閱讀跟她一樣喜歡思考的人，然後寫下一段一段她們的邂逅，其實是一個一個的邀請，請我們一同思考。在這個不特別鼓吹思考的年代，寫這樣的一本書，多不合時宜，多合時。

——**周耀輝**（學者／作者）

不合時宜者，正因錯過當下，而得以享有與任意當下一再斜身對接的自由。作品要求重讀，理論期待重寫，洛楓在書中勾出私選清單，砌作群像，反思書寫在當下的意義。於此，洛楓以實踐印證，理論正是生活的方式，也是生活下去的可能。

——**葉梓誦**（作家／《字花》主編）

自序——暗夜獨行：理論的生命滋養

洛楓

每當動盪年代，總有人喜歡詢問作家為何寫作？意大利小說家伊塔羅．卡爾維諾（Italo Calvino）在短文〈你為何寫作？〉（Why Do You Write）中指出，一九一九年十一月《文學》（*Littérature*）雜誌辦了一個「作家為何寫作」的專題，那時候世界大戰剛結束，城市與文明破毀，到處頹垣敗瓦和碎裂的人心，無論對文學、藝術還是生命和思潮都充滿劇變。到了卡爾維諾處身的一九八五年，巴黎的《解放報》（*Libération*）又發起同樣的專題，廣泛邀請世界各地作家參與，當時四周瀰漫一片死寂與沉悶，益發需要尋求文化上的突破與革新，而「寫作」是其中一個戰場。對於這樣的提問，一些作家覺得太空泛而採取防衛的姿態，只簡單的回應說沒有其他專長；也有作家洋洋灑灑列出非常宏偉的理由，像為了娛樂自己和大眾、教導別人一些道理、改變世界、傳揚前衛的思想、抒發情操、獲取名氣和報酬等等。卡爾維諾認為這些宏願跟他都有很遠的距離，他既不從事教育工作，也不相信寫作可以改變現實，而且有時候連自己的理念都感到疑惑或發生錯誤，又如何給予別人指標？相反地，寫作不單要付出勞力的代價，而且也會對自身產生暴力的回擊，因此，他只能從個人細小的位置思考這個為何而寫的議題。

一、由「為何寫」到「寫下去」

卡爾維諾列出的理據有三：第一是由於不滿意以前的書寫，所以必須不斷寫下去以尋求補救、更正和圓滿，寫作是將舊有寫下的東西刪除、抹去和擦掉，再以新的、未知寫成怎樣的作品替代。第二是每當看到有人寫得這麼好的時候，自己也心動技癢而躍躍欲試，可惜優秀的作品通常都無法模仿，卡爾維諾只好將書放回書架上，然後突然一些字詞、一些句子湧現腦海內，於是他不再惦記那本寫得成功的書或任何類近的範式，而是專注於思考自己還未寫出來的那本著作！第三是學習個人不懂的東西，不關乎寫作的技法，而是特殊的生命經驗（life experience），不是為了教導別人，或以此作為寫作材料，而是發掘自己不足的痛苦意識；在這種狀況下，為了假裝仍然可以寫下去，卡爾維諾說必須不停累積資料、概念、觀察和經驗，要抓住稍縱即逝的知識和智慧，只能寫於紙上的剎那才能達到和完成。卡爾維諾的闡述，在我看來，活脫脫就是怎樣維持寫作行動（action of writing）的實戰方法：不滿意過去完成或成就的作品，想像和追求未來寫得更好的表現，以寫作填補個人的欠缺，同時不斷更生和蛻變自我，不讓寶貴的經歷流失，印記每個瞬間的人生體驗——這是一種流動不息的狀態，目的已經不是單單的「為何寫」，而是為了「寫下去」。

二、為了鎮痛或鎮魂

時間來到二〇二五年，同樣的問題我們該如何回答？《不合時宜的群像：書寫理論的獨行者》最早的兩篇文章寫於二〇一二年和二〇一七年，其餘的二十篇全部完成於二〇一九年至二〇二四年之間，這是香港最動盪而封閉的時刻，「反修例」的社會運動還未完全落幕，「新冠肺炎」的疫症隨即展開，中間還有幾個月是兩者重疊一起的。時間像失控的馬達，轟隆轟隆的四處亂撞，撞得地動山搖、城牆破裂而人心惶恐，城外的世界在看我們，我們在城內看自己也看世界，在看與被看的落差中撐住日常生活，「社交距離」、「疫苗通行證」、「強制檢測與隔離」等等，都是這本書的時代佈景！對卡爾維諾來說，寫作是檢測自我不足的鞭撻，是在縫補傷口的生活裡維持活存的能量，而我則在被禁止進入公共場所和朋友聚會、無日無之的抓捕新聞、實體課堂變成電腦虛擬的畫面、戴著口罩呼吸等磨難裡，假裝仍然可以寫下去（或活下去），是因為城市腐爛了、身體病了、心受傷了、思想閉塞了、路被堵住了！因此，這本書的論題圍繞死亡、孤獨、抗爭、創傷、記憶、成長、溝通和表達，書寫是為了鎮痛，或村上春樹說的「鎮魂」，為了在煉獄中的生者和死者！

三、系出理論大師的名門

《不合時宜的群像》是一本關於「書寫理論」（theory of writing）的書，副題「書寫理論的獨行者」有兩個指向：第一是個人指涉——研讀理論是一個漫長、孤絕和抗世的旅程，出身比較文學和文化研究的我，上世紀九十年代，先在美國南加州大學（University of Southern California）選修法國學者佩吉．雅穆夫（Peggy Kamuf）的基礎課程，她是理論大師雅克．德希達（Jacques Derrida）的研究者和翻譯家，課堂上鼓勵多元文化的交錯與撞擊，例如不懂中文的她，要求我將艾蜜莉．狄金生（Emily Dickinson）的詩翻成中文，然後用英語解釋翻譯的方法和策略，讓我學習如何辯證地處理語言的流動與溝通；此外，她還邀請後現代主義大師李歐塔（Jean-François Lyotard）來班上講課，當時他在書頁上的簽名「For Chan, in the memory of USC」，我還保留至今！

兩年後我轉到加州大學聖地牙哥校區（UC San Diego）繼續攻讀博士學位，遇上影響一生的老師群，包括日裔文化研究者三好將夫（Masao Miyoshi）、印裔後殖民理論家羅斯瑪麗．喬治（Rosemary George）、建立城市詩學的邁克爾．戴維森（Michael Davidson）、巴赫汀（Bahktin）研究者唐納德．威斯令（Donald Wesling）、酷兒理論的跨性別者朱迪思．哈爾伯斯坦（Judith Halberstam，變性後更名 Jack Halberstam）、後現代理論批判大師詹明信（Fredric Jameson），以及既是中西比較文學學者又是詩人的葉維廉。當中影響最大的是三好將夫，他在課堂上常常強調知識是維持公義、對抗強權、揭露黑暗和反省自身的力量，課堂下又告訴我跟他要好的理論大師那些身體力行的動人故事，講得最多的是巴勒斯坦裔學者愛德華・薩伊德（Edward Said），說他怎樣在飄離的身分與血癌的纏繞中掙扎，而且充滿睿智和強大的心志，聽著聽著給我植入了許多研讀理論聯繫人性、人生的滋養，「理論」不是紙上談兵，也不再標示權威，因為它的出發點來自改變世界的願景，為弱勢發聲、為自我明證！

我在這群理論大師的教導和熏陶下，逐步深化各個門派的學說，堅持閱讀原典或英譯本，有些英譯本如果有疑問，便跟法文的原版對著讀，而且重複二讀或三讀。這輩子不會忘記那一天我完成了博士口試之後，印裔的喬治教授說從此我們不再是「師生」關係，而是「同行者」，要一起努力為世界戰鬥，而身旁的三好將夫卻打開隨身的皮箱，跟我說：「這是最新出版的理論專書，回去好好的讀！」出身破碎家庭的我，必須依靠獎助學金才能赴美深造，卻幸運地遇上許多無論學識還是人格都充滿個性的老師，有時候想，或許這是上天給我的補償，讓「良師」

補償「無父」的空位！

四、在亂世，不合時宜的獨行者

「書寫理論的獨行者」第二個指向是書中引述的理論大師和文學家，像死於交通意外的巴特（Barthes）、為自己診症的弗洛依德（Freud）、為了逃避納粹政權而在邊境服毒自殺的班雅明（Benjamin）、不停給自己挖井的村上春樹、承受童年創傷的里爾克（Rilke）、從捷克流亡到法國的昆德拉（Kundera）、經歷阿根廷極權統治的貝列西（Bellessi）、粉碎作者權威的福柯（Foucault，臺譯傅柯）、透視黑暗和抗衡異化的阿甘本（Agamben，臺譯阿崗本）等等。他們一輩子特立獨行，睥睨世俗，堅守個人思想的陣地，對抗外在惡劣的環境和生命掣肘，通過書寫活出自己的光彩，走過歷史崩塌的階梯，照耀仍然孤獨的當世。借用喬治教授的話語，我跟這些理論大師和文學家都是同行者，在各自的時代跟世道格格不入，用不合時宜的姿勢敲鑿主流的意識形態或流行觀念，力量或許很孤絕，文字碎裂如風沙，卻也成了一道一道的亂世微光，穿越時代的墓碑。

全書分成「寫作學」、「創作論」和「藝術評論」三個部分，但這樣的編排只是為了方便閱讀，彼此之間不像切割豆腐或磚頭那樣工整和壁壘分明，而作為一個長年的跨界者（或拆界者），創作與評論、文學與藝術、甚至哲學、美學、社會學、政治論述和文化研究等各種理論之間，早已不存在任何派別、科際或類型的牆壁了！因此，我的書寫策略也不按照一般板著臉孔的學術格式，而是企圖糅合說故事的技巧、抒情的感官和論辯的邏輯等元素，不逃避個人言說、或激烈而尖銳的觀點，通過轉化東西方理論大師或文學家的話語，來述說這個城市的時代身世。然而，香港不是孤立的，它跟周遭的地脈相連，而且世界到處亂象和破局，那些地區戰火、街頭抗爭、極權統治或天然災禍，燒得整個地球像一個氣候與人性一起失常的鍋爐，沒有人是局外人！因此，那些標題像〈死前留言〉、〈沒有聲音的尖叫〉、〈凝視孤獨的深淵〉、〈時代的碎裂〉、〈讓殘缺的字自由思考〉、〈解放記憶〉、〈寫作直到世界終結〉、〈讓我散落四周〉和〈不合時宜與透視黑暗〉等等，或多或少能夠燭照暗夜裡一些圍爐取暖的身影。沒錯，我們的四周漆黑朦朧，邪惡的樹在暗處張牙舞爪，海上表面很平靜，但突如其來的海嘯隨時捲起巨浪，而文字像小飛蟲，微小卻有光，只要翅膀依然震動，便仍有扳動地殼的蝴蝶效應！

有人說，在亂世，寫作無用，也有人說，在互聯網資訊氾濫的界面，文字早已貶值！或許這都是對的，但假如寫作和文字真的成了亂世的錯置或錯配，那麼便讓我（或卡爾維諾們）繼續錯下去，反正無用，也沒有阻礙了誰吧?!何況「無用」才能維持獨立和尊嚴，不被收編、磨蝕或利用——黯黑的邊境上，閱讀是光，只要仍有人在看、在寫，光便拉著弧線繼續向前飛翔導引……

22.1.2025

引用書目——

・Italo Calvino, "Why Do You Write?" in *The Written World and the Unwritten World: Collected Non-Fiction*, Ann Goldstein trans. (Dublin: Penguin Books, 2023), pp. 148-51.

I

寫作學

死前留言

羅蘭·巴特的慾望書寫

一個寫作人在死前會寫些甚麼呢？無論那個「死亡」是可以測量還是不可預知，彌留的思維可以如何旋動？如即將力盡的風車！讀羅蘭．巴特（Roland Barthes）的《小說的裝備》（*The Preparation of the Novel*）猶如翻開推理小說的「死前留言」，那是逝去的人留在世上最後的說話，既概括了活過的歲月，也映現了對自己即將展開的期許，進入忘我的空寂從頭細認來時與去時的生命痕跡，走回從事創作原初的起點，跟文字一起耗損，尤其是巴特詰問人為何寫作？書寫如何連結不得不如此的生存狀態？當中涉及慾望、空想、記憶、自我，以及語言的藝術、移情和創造，是任何深層的閱讀者和寫作人無法迴避的本體問題！是的，我是說「深層的」，這不單因為「閱讀」和「書寫」真的有層次之分，而且也源於巴特的論述靠向哲學思辨與美學思維，這是《小說的裝備》難讀、難懂的原因，也致使巴特的言說深遠於一般的文化評論人。

一、我寫，故我在

死於一九八〇年交通意外的巴特，當然沒能預料自己的消亡，所以一直維持書寫的狀態，構思新的寫作計劃；因此，在他死後出版的兩本著作《小說的裝備》和《哀悼日記》（*Mourning Diary*），都是他生前最後日子留下的斷片書寫，說不上是完整的文集。例如《哀悼日記》是寫在紙片和讀書卡上悼念亡母的絮語，碎裂如詩或自言自語如夢囈，而《小說的裝備》則是他從一九七八到一九八〇年間在法國法蘭西學院（Collège de France）演講和教學的發言紀錄與手書講稿。這兩本書經過後人整理、謄錄、編輯和注釋，印證法國這位經歷結構主義、符號學、解構理論、後心理學等多樣風潮的文論家，在生命走到不能預測的盡頭時反覆思量的文學議題。我尤其喜歡《小說的裝備》，因為它不獨還原「寫作」最原初的純粹境界，而且倡議了「我寫，故我在」的深邃體認，是任何關注「寫作」作為生活與人生實踐的人無可抗拒的宣稱。是的，這是一種「宣言」或「宣示」（enunciation）（巴特沿用的字詞），正如編者娜塔莉·雷熱（Nathalie Léger，臺譯娜塔莉·雷潔）指出，《小說的裝備》意圖建構的是一個「文學的烏托邦」（literary utopia），讓遭逢亡母創傷的巴特能夠安身立命。事實上，此書不但築構了作者生命的血肉，同時也涵蓋了、並以吉光片羽的姿態反照了巴特一生言說的內容，從一九五三年的《零度書寫》（*Writing Degree Zero*）到晚期的《戀人絮語》（*A Lover's Discourse*）

THE PREPARATION OF THE NOVEL
ROLAND BARTHES

和《明室》（*Camera Lucida*），進一步驗證、陳述、擴張和落實他對「文本」（text）的書寫和閱讀策略，及其牽引的主體位置與快感意識，同時也再度身體力行「斷片」（fragments）的話語方式與美學風格。如果說偵探文類的「死前留言」是受害人留給查案者窺探真相的線索，那麼，《小說的裝備》卻意外地也反諷地成為巴特站在死神面前最透徹的自我裸現，他原是為了展開新的生命旅程而寫，最後卻定格於死亡的休止，留下流動的文字恍如流逝的光影。

《小說的裝備》除了收錄巴特一些專題討論會的講稿外，全書四百多頁的內文主要是他開辦的一個同名課程的講授內容，分成上下兩篇，上篇是「從生命到作品」（From Life to the Work），下篇是「作品作為意志」（The Work as Will），合共二十四個章節，當中旁徵博引普魯斯特（Marcel Proust）、卡夫卡（Franz Kafka）、但丁（Dante Alighieri）、波特萊爾（Charles Baudelaire）、藍波（Arthur Rimbaud）、里爾克（Rainer Maria Rilke）、托爾斯泰（Leo Tolstoy）、日本俳句（Haiku）、巴赫汀（Mikhail Bakhtin）、尼采（Friedrich Nietzsche）等文學及哲學家的著作，共同闡述他對文學書寫的各樣理念。編者為了忠於原有講課的內容、節奏和語調，極力保留巴特的文字特性，包括斷句、分行、符號和筆記（point-form）的形式，以及插話、中斷、離題、刪改等言說風貌，讓讀者在游讀的過程上仍恍如置身課室的講堂，諦聽文論大師用沉厚的嗓音縱橫演說，並在巴特引用的例子、典故、外來語的地方附上注釋，展示出處、原文及衍生的歧義，方便了閱讀的理解，也補充了講題背後的文化和歷史淵源。我無意字詞貼著字義般搜尋巴特細碎的經典論述，同是天涯寫作人我較能觸動於他對「寫作」的本體論述，借用巴特式的手札結構，上下兩篇大致可歸納為四項議題：寫作的慾望、小說的體式、書寫及不書寫的狀態，共同指向一個核心方向：我們為何而寫？

二、「寫作」與「年齡」的危機意識

巴特一生書寫的題材廣泛，從廣告、時裝、文學、音樂、愛情與日本文化，到攝影、死亡、歷史和神話，涉於符號、語言、結構、心理、哲學等不同視角，寫成隨筆、專欄、演講、長篇論述、短詩、絮語等不同形式，偏偏沒有寫成一部小說，於是他才在接近晚年的日子構思一本叫做「*Vita Nova*」的小說，並開辦相關的課程，給自己和學生共同思考寫作的步驟和準備工夫。這樣的突變源於兩個因素：第一是中年的寫作危機，巴特在開宗明義的首篇便指出，經歷亡母的傷痛之後，生命陷入崩解的邊緣，無論寫作還是生活都被卡住無法前進，而為了擺脫這種危崖的狀態，他決定重新開始一個寫作計劃，讓自己從此不一樣了。當然，巴特所說的「中年危機」並非數字上的盤算，而是生命階段的感觀，正如他說的「旅途的中站」（middle-of-the-journey），而寫作《小說的裝備》時巴特已經六十三歲，所以他的「年齡危機」並非一般醫學或生理上的窘局，而是來自心理的關卡，他說日子不停的點算，我們逐漸走向死亡的終點，如何盡用終結前的時間變成必需的考量，只有這樣生存的光源才不會被黑暗遮蓋。聯繫巴特的亡母創傷，便可想見這種危機意識其實來自「死亡」的惘惘威脅，他要為自己最後的歲月作最圓滿的打算，讓真正落幕的一刻功成身退，可惜出師未捷身先死，小說 *Vita Nova* 永遠只能成為一種未完成、不可窺視的「迷思」（myth）！

巴特第二個危機來自寫作，他說對於一個長期書寫的人來說，寫過眾多的文字和議題，早已沉悶於重複與困乏之中，日復日、年復年、周而復始的寫作生涯如果仍將持續下去，到底還可以讓他寫些甚麼才可保留一種清新活潑的動能？如果「寫作」也會不斷死亡，他該如何自我更生？尤其是在學院生活重複的程序、開會、授課、策劃活動、發表論文、規劃管理等日常事務當中，留下只有兩條路徑：一是逐漸將自己逼入「靜默」（silence）與「隱退」（retreat），靜看春去秋來，二是改變踏行的腳步，冒險挺進新的戰鬥路線。當然，巴特選擇了後者，意圖以新的寫作實踐（a new writing practice）摒棄舊生命、開拓新生活，以「文學創作」對抗時間和空間對他腐朽的侵蝕——基於這些前提，他提出了「書寫慾望」。

三、「書寫」與「情愛」的慾望交疊

「書寫慾望」（To Want-to-Write/Desire-to-Write）是《小說的裝備》的帶頭綱領，也是貫串全書的核心絲線，巴特一生寫作而且決定持續下去，歸根究柢還不是源於一種不得不寫的存在狀態？這種狀態只為個人出發，不涉及讀者的考量、刊物的載體或媒介市場，甚至公眾利益或道德教化，完全只是自我界定的一種行為。然而，「書寫」涉及「語言」，而語言又方生方死，寫者怎樣才可以握住稍縱即逝的文字？而「慾望」也涉及「實踐」，如何將書寫慾望化成「書寫行動」（Act of Writing）？便成為巴特絮絮不休的論題。

慾望來自幻想——巴特如此寫道——認為「寫作的幻想」（writing fantasies）來自「性幻想」（sexual fantasies），都共同擁有一個慾望的客體／對象（object of desire），然後又共同產生極樂的快感（pleasure），最後甚至完成製品（product）。美國文論家蘇珊．桑塔（Susan Sontag，臺譯桑塔格）一向十分仰慕和艷羨巴特奇異的寫作風格，認為他的文字誘惑力量來自「性感」的文筆，將智性融入感性，引誘讀者進入快感的閱讀領域。桑塔敏銳的觀察正可解釋了《小說的裝備》其中一項十分獨特的修辭技法：以「情慾」象徵「書寫」、以「愛情」比喻寫者與文字纏繞的關係！譬如巴特說，只有永遠無法達到的快感才有「幻想」的餘力，永遠「慾求不滿」才有不斷孜孜追求的動向，他是在論說「情色」也在辯證「寫作」，二者早已合抱連枝、兩位一體了。可以想像，像這樣感官的行文風格的確充滿如桑塔所言的「誘惑力量」，感染閱讀者不自覺的沉溺醉倒。然則，空有激情終究無法立句成章，兩情相悅也必須感情的基礎，在寫作的範疇裡，這個基礎就是「記憶」——巴特認為「記憶」就是「念記的能力」（the ability to remember），記住兒時的往事、各樣的生活體驗，而小說就是「人生記憶」的書寫；然而，「記憶」從來都不可能完整無缺、順序、靜止、簡單和具有原義，而是佈滿擾亂（disturbance）與變形（deformation），不能隨心所慾的擷取和收藏；而巴特更自認個人最大的缺失就是常常處於「記憶的迷霧」（Mist-upon-Memory）之中，尤其無法記牢任何確實的日期，卻只有吉光片羽的閃現，細碎、斷裂，如書寫！讀到這裡，我們大概明白何以巴特一直傾向於絮語和短論的形構，一切來自「記憶」的本相存在！

四、永不完成的現在進行式

「書寫記憶」並不等於「書寫過去」——非常巴特式的矛盾語（paradox），因為他壓根兒不喜歡「過去」（the past）（英語翻譯的原文以斜體顯示這個「特定」〔the〕的過去，這恐怕又與作者的亡母心結有關），而且覺得不斷重寫已經不可能再發生（what will never happen again）的事情是十分徒勞無功的，他信仰「現在／現時」（present），覺得仍然滿載情感、理性和智慧的當下一刻才值得大書特書，才是他心目中小說的真正內容。當然，「書寫現在」難免不停跟「時間」競賽，跌入另一重兩難的處境中，一邊書寫，時間一邊瞬即流逝，「目前」不停變成「過去」，永遠無法同步貼近，因此，「寫作」恆常地處於「準備」（preparation）的臨界點上（如同書題），也恆常地慾求不滿，就是這種存有狀態才充溢誘惑的招引力。從這些矛盾的悖論之中，尤其可以窺見巴特的寫作烏托邦存在於一種未完成的領域，猶如一段「愛情」關係未能確定，因為一旦落實便失去了神秘的趣味與想像的渴求，因為凡是寫下來的總有令人不滿意的地方，總會無法符合心中所想的境界，只有站在曖昧地帶觀看自己的文字猶如觀看情人，距離才能帶來美感！然而，假如一直這樣處於自我空想、霧裡看花的階段，「寫作」的意慾（如同愛情）也會慢慢流失、幻滅或消亡，所以巴特不得不提出抓住「寫下」的竅門，讓慾望延展下去，那就是標記法（notation）、小說斷片（a Novel-Fragment）、自我涉入和工藝的手法，前二者是體式，後兩項是文字的取向。巴特說每個小說家應該常常帶備一本筆記簿，用以隨時筆錄當下的情景與感受，這些微型札記猶如日本俳句，短小精悍地表述眼前稍縱即逝的所見；另一方面，無數的斷片也可慢慢組成長篇的內容，事件的累積足夠構成複雜的情節，生命的段落會能化成一部傳記，這樣「小說」便完成了。至於敘述的方法，一是「猶如」（as if）的書寫策略，將自我涉入其中，以「假設」的姿態述說不可直接言說的，追隨夢幻的敘述，或戴上面具演一臺故事；其次是美學和技法的考慮，倫理（ethics）的極致就是美學（aesthetic），美學的最高層次也離不開倫理，橫跨二者之間的是技法（technique），就是工藝（craft）；巴特討厭平庸而概括的書寫，認為文學創作就是把「日常」變得「特殊」，即使在文化及哲學的論說中亦應該講求技巧，而不是乾巴巴地羅列概念、平鋪論點，而對於「小說」的創造來說，美學的技法尤其彰顯於「家居的書寫」（domestic writing），那就是日常的細節，寫作人猶如裁縫師織造衣服那樣，經過剪裁、裝配、針縫，將細件／細節點滴綴拾起來便大功告成。

五、文學的「裁縫師」

在這裡，巴特又發揮了他的「借喻」天份，以「裁縫師」（Dressmaker）比擬寫作人，取其「技藝」的共通處，一塊布料如果沒有剪裁的設計、縫合的技巧是無法成為一件衣服的，同樣，原始的生活素材、日常體驗如果沒有寫者殫思極慮的構思、精心妙想的文字轉化，也是無法成就藝術感染的力量；一些寫作人常常以為把活生生的經驗記下來便成篇了，但到底怎麼寫呢？這是《小說的裝備》試圖拆解的迷思。再者，巴特強調的「技藝」不單單指向「文學」的需要，也泛指一切文字書寫，包括學術論著；只是學院一些僵化的訓練規條就是要去除這些因藝術形構而來的感知，反而追求狹義的理性批判，落入乾涸、無味、沒有人氣、性情和生命感召力的書寫，要求學生或學者終生學習硬件的專有名詞、套用理論、濫製公式，忽略「論述」的基礎其實也源於活存的體認，於是千篇一律猶如機械製作，全無個性可言。巴特這些感慨來自他數十年來游離於學院的親身經歷，例如他曾在一九七七年一次公開演說中提出「捨棄學習」（unlearn）的理念，倡議學生擺脫學院的學習套式，返回自我靈魂太初的召喚，而在《小說的裝備》「上篇」的字裡行間，「出走學院」甚至成為他考量「重新寫作」的發端，以及意圖掙開的羈絆。說實話，巴特這些寫作觀念在目前一片學院國際化的風潮裡實在是一記當頭棒喝，不但反其道而行之，從全球化的版圖回歸個人的定點，甚至剔除了「書寫」作為「功能」的外用價值，使它不涉於教化、服務、排名和爭取曝光的利益關係，卻只迫向自我生存的詰問；然而，更反諷的是這些擅長結合個性書寫的文論家如巴特，還有桑塔、班雅明（Walter Benjamin）、西蘇（Hélène Cixous）、克里斯蒂娃（Julia Kristeva）等等，早已成為學院課程必讀的經典大師，但飽讀這些經典著作的學生只能學習他們的理論，卻不可模仿他們的寫作風格，而是必需遵守一致的論文規格，連自述的「我」也往往要被刪除，改為「他我」的「筆者」，所謂起承轉合、舉例辨證猶如銅牆鐵壁的規範，學生衝不出來，老師敲鑿不開，彼此牽制如疲乏的困獸，學術書寫變成壓抑創造、貶抑人性的枷鎖！

21.1.2012

引用書目——

- Roland Barthes, *The Preparation of the Novel: Lecture Courses and Seminars at the Collège de France (1978-1979 and 1979-1980)*, Kate Briggs trans. (New York: Columbia University Press, 2011).
- Susan Sontag, "Writing Itself: On Roland Barthes," in *A Susan Sontag Reader* (New York: Vintage Books, 1982), pp. 425-46.

沒有聲音的尖叫

杜哈絲的孤獨寫作

能夠一個人在空屋裡孤獨地寫作，其實很幸福，但孤獨幸福嗎？寫作幸福嗎？總覺得作家寫在最後的書都是死前留言，除了回顧生命便是對抗死亡，像法國作家杜哈絲（Marguerite Duras，臺譯莒哈絲）的〈寫作〉（Writing）。那是一篇意識流動的長篇散文，詩化的比喻夾雜一個關於蒼蠅死亡的故事，跟你我道說生命即將走到盡頭的時候，寫作是甚麼？沒有懺悔卻有哀傷，顯露更多的其實是堅強！如果「亂世」也是一個瀕臨死亡的狀態，我們如何跟寫作一起面對生存？

一、寫作洞穴與赤裸書寫

所謂「寫作」就是書寫未知，在一隻字還未寫下之前，沒有人知道最後會寫出甚麼，包括作者在內，而最後一切完成，也只有作者最清楚寫了甚麼，這樣孤獨的過程從頭到尾只有一人承受，於是「孤獨」（solitude）成了「寫作」的必然條件，沒有這個條件便沒有藝術創作這回事。所謂「孤獨」就是脫離人群，很真實而肉身的獨處成就書寫不容侵犯的寂靜（This real, corporeal solitude becomes the inviolable silence of writing）；書寫需要力氣，一個人要變得強壯才能支撐寫作的消耗（想起了跑馬拉松的村上春樹），才能對抗外來的干擾像狗吠、人囂和社會的噪音。

杜哈絲用「洞穴的底部」（the bottom of a hole）來形容孤獨的情態，完全的孤絕、龐大的虛無，唯有寫作可以救贖，名為「赤裸書寫」（naked writing），既沒有未來、沒有距離，也沒有迴響，只有一筆一劃、一字一詞的意義累積。日本的村上春樹也很喜歡「洞穴」的比喻，以「井」的變調形式出現，例如《發條鳥年代記》和《刺殺騎士團長》，這些井有入口和出口，表面是時空穿越的空間，實際是人類的意識和心理底層，埋藏或埋葬許多不能浮出地面的黑暗人性、記憶和慾望。杜哈絲的洞穴是作家埋身的地方，黑暗、潮濕、除了自己的呼吸和回音，四壁空無所有，只有這樣才能直面自我，專注而純粹的進行寫作。在物質的世界裡，那是一間屋子、或工作室，在精神的領域上，那是一種心理狀態，前者不是每個人都能夠擁有，後者是一種鍛煉或修為功夫，無論哪一種，都猶如監獄那樣用藝術囚禁自己。幽閉帶來恐懼，但創作產生快感，糅合而成狂喜的悲慟、或痛苦的愉悅，充滿暴烈，反正我們都是因為懷疑生命、厭世、焦慮或沮喪才寫作，

Marguerite Duras

既然已經受了苦難，不寫白不寫！

我很喜歡「赤裸書寫」的概念，寫完了，可能連文字都無法擁有，赤條條白茫茫大地真乾淨！杜哈絲喜歡洞穴，村上春樹喜歡井，我喜歡睡眠，也是一個無底深淵，掉進去可以清楚看見自己，何況有一天我們終必一睡不起！

二、男人無法面對被書寫的殘酷

杜哈絲說的「孤獨」不是沒有群體或伴侶，而是群體的遺棄、以及伴侶不能分享。作家是古怪物種，充滿矛盾與不可理喻，越竭力表達越無法溝通，人群越在那裡，我越被遺棄。此外，女人千萬不要讓愛人讀自己寫的書（Women should not let lovers read the books they write），那些寫在文章裡千絲萬縷的關係必須好好掩蔽，隱藏書稿猶如隱藏自己的外遇，因為男人無法忍受會寫作的女人，對他們來說太殘酷了！因此，從來不在自己作品和生命說謊的杜哈絲，為了保護自己的文字會欺騙男人！這種人格分裂很確切也充滿誘惑力，「說謊」是作家的本事，以前我只認為這種本事體現於「虛構」的才華，散落成各樣魔幻、科幻、超現實、童話、虛擬的人物和情節，而原來也在於愛情書寫！又或許「愛情」的本質就是說謊，沒有謊言根本無法展開和延續愛的關係，當謊言拆穿或結束，愛情也壽終正寢！我不知道男性書寫愛情的時候是否會像杜哈絲所言，隱藏書稿猶如隱藏外遇（或許更激烈呢），但作為寫字的女子，我的確必須瞞著主角進行隱秘的書寫行動，因為「面子」或「尊嚴」問題，男人真的無法忍受被寫成這個或那個模樣，他們會先行否定和否認，繼而生氣地拂袖而去，文學的「現實」或「真實」，有時候比分手或拋棄更無法承受！

在十八歲到二十一歲的年華之間，一個漂亮的男孩跟我說：「妳最大的毛病就是會寫詩，因為我看不懂，而且任算妳怎樣寫下去，也不會成為羅蘭．巴特！」我沒有打算成為羅蘭．巴特，但最終成為巴特的忠實讀者，而中年之後，我把那些男人寫在詩裡面，那些不想讓人見到的臉容還是會讓人記住！

三、對抗不公義的自由書寫

寫作意指不說話、保持沉默，是沒有聲音的尖叫（Writing also means not speaking. Keeping silent. Screaming without sound）。在文章的下半部，杜哈絲斷裂地記述一隻蒼蠅死在她面前的故事（有點老人絮絮不休的語態），蒼蠅掛在牆壁上，從掙扎到靜止的短短幾分鐘，作者遠觀然後凝視一趟死亡發生的過程，彷彿看見自身即將來臨的處境。杜哈絲說死亡是邁向世界的某種終結，但只是自己的終結，外面一切仍運作如常，於是她開始痛恨，想起戰爭時期的猶太人，便用盡氣力詛咒那些德國納粹的極權者。她開始升現殺人的渴望，同時書寫這種驚恐，猶如一個葬禮，死亡的事件過去，但留下後人談論的證據。杜哈絲又說，到處都是殖民的人口、普世的孤獨，生命散落四周，戰爭與死亡如日影跟隨，平庸而冰冷，我們無可趨避，幾近瘋狂！孤獨與瘋狂同在，不能與人分擔，於是發出無聲的尖叫！這是憂傷時分，但不悲慘，冬天、生命、不公義，像地獄的工廠、僱主的勒索、壟斷的資本主義政權、有錢人對普羅階層無所不用其極的操控；然而，總有許多像我們這樣的人，相信一切很快便會結束，這是希望之所在。

這是希望之所在，杜哈絲給我書寫下去的勇氣。作者的立場很明晰：為不公義而寫作，而書寫不公義就是死亡的救贖。人世間佈滿種種哀傷的情景而身不由己，到處有大大小小的戰爭開在階級和種族的邊境上，還有經濟和政治的剝削壓著生活的脊椎，我們死去，平庸而微小，唯有記錄下來，後面的人才能談論、才會記住這些無辜的經歷，因為寫作超越肉身的消失，同時為歷史刻鑿記認。杜哈絲又說，孤獨書寫是自由書寫，無須批准，也不受命令，沒有上司指揮或發號施令，沒有規劃、懲罰和監管，要有所為而發聲，為絕望及其記憶而哭泣，不哭泣便沒有活過。過去這些年香港哭過許多淚和汗，戴著口罩，從抗爭到抗疫，我們逐漸被禁止發聲，書寫變成「沒有聲音的尖叫」，那些文字不一定偉大到要記錄甚麼年代，只是很個體、很卑微的憤怒、怨恨和恐懼，源於不公義，不忍看見自己成長的地方逐步崩解，自由的天空烏雲密佈，道路的磚塊被膠水密封，一些圖像和口號變成犯罪證據，而我們無法捉摸紅線到底懸掛在哪裡？甚麼時候會勒住我們的呼吸！

結語：

大學時期為了梁家輝主演的同名電影，讀了杜哈絲的小說《情人》（*The Lover*），沒有足夠的年齡體會情慾、殖民與性別交纏的撞擊；轉眼間來到二〇一四年，在牛棚看了盧偉力導演、陳敏兒編舞、羅乃新鋼琴演奏的跨媒體演出《杜哈絲百年：如歌的中板／就這麼多》，重新理解這個一輩子驚濤駭浪也驚世駭俗的女子叛逆走來的步姿——出生於法國殖民地印度支那（Indochina，現今越南），父親早逝，在貧窮和戰亂中長大，十五歲跟來自中國的富家子弟相戀，有過兩次婚姻，曾參加法國抵抗納粹德國的運動，後來加入又退出了共產黨，每個階段擁有不同的情人，晚年跟年輕三十八年的男同性戀人同居。在階級、種族和性別的議題上，杜哈絲充滿爭議，我無意判斷這些爭議，只靜靜翻閱她最後的著作。

香港的冬天依舊來得很遲，城市的低壓營造陰沉的天空，陽光很少，熒幕的新聞不是濫捕、監禁，便是青年流亡的消息。杜哈絲在最後的書頁寫道：書寫如風，赤裸的、由墨水構成，寫下了事物，流過生命的本身……於是，我讀、我寫，獨自一人，沒有聲音地，呼喊，而且相信一切很快便會結束！

9.12.2020

引用書目——

- Marguerite Duras, *Writing*, Mark Polizzotti trans. (Minneapolis: University of Minnesota Press, 2011).
- "Duras, Marguerite (1914–1996)," Encyclopedia.com, https://www.encyclopedia.com/women/encyclopedias-almanacs-transcripts-and-maps/duras-marguerite-1914-1996 (accessed 5 December, 2020).

寫作的身體與創傷

村上春樹的創作觀

喜歡日本作家村上春樹的人，總有自己連著年代記憶的閱讀書單，說幾歲、幾時讀他的第一本小說，前一點世代會說中學幾年級讀《聽風的歌》、或大學時期讀《挪威的森林》，後一點世代大概從《海邊的卡夫卡》或《1Q84》開始。我一直覺得村上是通過寫小說這個形式來讓自己永遠年青的，而我們卻藉著讀他書寫的世界來哀悼自己的青春，於是他的作品才不斷超越世代的時間和空間。追隨村上三十年，我也有閱讀的年代版圖，加上年復年無間斷的重讀，版圖不是平面而是立體的，印刻了從青澀到青春再到苦澀的生活味道。這一趟不談那些100%的女孩、羊男、電視人、發條鳥的冷酷異境或國境南北，而是用自言自語的方式跟村上的創作觀做一場對話，當然不是面對面的磋商（我也沒有這個資歷），而是文字論述的搭建。

一、鍛煉身體減除文字的贅肉

以前許多人都說作家是文弱書生，中式的想像是鏡頭下文人對著原稿紙吐血的畫面，西方的論述就是蘇珊・桑塔在《疾病的隱喻》（*Illness as Metaphor*）中提及「肺痨」是藝術家的專有病症，但我們知道村上春樹跑馬拉松、早睡早起、不交際應酬，而他竭力維持規律的生活，都是為了應付書寫長篇小說的體力消耗，這種身體力行打倒了慣性的作家形象。在《身為職業小說家》一書中，村上表示與其用頭腦、不如用「身體的感覺」寫文章，讓脈搏和心跳形成節奏。他從醫學角度指出有氧運動能夠刺激腦內海馬迴神經元的產生數目，從而提升學習、記憶和創造力，因此，寫作人必須訓練身體，因為體力一旦衰退，思考能力隨之下降，而且人到中年之後，還會無休止的發胖，「物理上的贅肉，也是隱喻上的贅肉」（這個比喻太恐怖了）！村上認為寫作人也是普通人，常常面對日常各種危險與撞擊，而生活和寫作又充滿深度黑暗的力量，必須讓身體變成強大堅壯的容器，才能承載和抵禦得住，尤其是寫作依靠強韌的精神力，所以要建立能夠支撐靈魂「框架」的肉體。

從實際的應用考量，村上的話很有道理，寫作人都是長期埋首書桌疾書或打字（會不會有人站著寫呢），坐骨神經痛、腰酸背痛、眼睛的毛病等都是家常便飯，而沉入深層挖掘人性黑暗的日子，還會迎來因失眠、抑鬱、悲慟而攪纏的各

身為職業小說家
村上春樹
賴明珠 譯

樣痛症，運動身體其實就是釋放負能量、打開閉塞的血脈（仿若內功心法），同時清除體內和腦內的廢物垃圾（清空之後才能裝載）。日本臨床心理學者和治療師河合隼雄更從村上這個主張，歸納出「身體」影響「文體」的概念，那是「連身體性都包含進去的文章體裁和作品」。說得真好，精神力與體力是互相呼應、互為表裡的，化成文字便建構了另類的文本互涉，於是，為了減除「文字的贅肉」，我們還是努力減肥吧！

二、吞下黑暗的力量治療創傷

「不管任何人，在甚麼樣的環境長大，成長過程中都會分別受過傷，都有被傷害過。只是沒有留意到那事情而已。」村上在討論《1Q84》的創作時，跟採訪者松家仁之這樣說。河合隼雄也提出有些病人受到的創傷太深邃複雜，無法浮現病徵，無論通過心理分析還是藝術行為都無法探究。書寫作為治療，是很普遍的意念和實踐，即使不是作家，也常常採取這種方式來處理個人創傷，問題是普通人無法將兩者的關係說得確切，而村上與河合的對談卻勾出線條深刻的輪廓來。村上毫不諱言指出寫小說就是自我治療的行為，在形成故事的深沉過程中，浮出個人潛藏的問題；又說寫小說像電腦遊戲的角色扮演，不知道畫面上接續出現甚麼樣的角色，敲著鍵盤便會慢慢形構一些出乎意料之外的東西，那就是一直深埋意識底層的內容；而所謂「故事」，從遠古已經存在，是每個人擁有的物事，寫故事就是發現自己的存在。河合索性說人類某種意義上全體都是病人，問題是有沒有能力將這些病情引發或轉化出來，不單要有表現的形式，還要有力量，而藝術家必須擁有這些能力去承擔時代與文化的病。村上接著補充說，寫小說除了治療作家本人外，也同時必須治癒讀者才行，架起兩者關係的就是「感應」（或包括移情），即使不被讀者接受，被他人批評、厭棄和攻擊，寫作人也必須承受難過，因為當一個作家不能吞下這些負面和憎恨的話，深度可能也出不來。

我比較在意的有三個重點：第一，每個人都有故事，也同時都是病人，如何發現、轉化這些故事，似乎是非常個人的修行了，同樣的事件有人說得很動聽、有人寫得很沉悶，故事是自己的，如何跟他人聯繫，要看搭建橋樑的本領了。或許這就是河合強調作家要承擔時代與文化的病，內裡包含克服自己的創傷，以同理心走入他人的處境，用文字替自己、也替別人承載那些抖動的情緒和心結，從而表現普遍性和普世價值了，壞時代一個一個的過去，最終留下了作品。第二，村上描述的書寫和自我治療過程，也分成許多階段，起初是自發性和無意識的形態，能夠產生淨化的效果；其後進入猶如「挖井」那樣挖掘意識，當生命繼續累積創傷，黑暗的漩渦不斷加深，寫作人便需要強化自己的裝載容量，發展與人互動的關係，擴張故事的幅度，這是他由《聽風的歌》走到《發條鳥年代記》的歷程。事實上，許多作家年輕的時候亮麗地完成了第一個階段，卻無法跨越第二、三個層次，越來越用計算的方式製造「故事」出來，失去了鮮活的氣息和生命的維度。第三是如何面對讀者的「反感」，村上命名為「憎恨的回饋」，就是被文壇前輩、評論人、以至實體的讀者否定和痛恨，出道以來他承受很多。村上說要將這些負能量全部吞下，藉以推動寫作的齒輪，才能強化文字的深度。這行動真不容易啊，寫作人必須具有了解自己的初心、堅定信念的雄厚基礎，才能不為負面評價而動搖。「名氣」總像黑色的深淵，會能以虛榮將人的創造力吸入和消解，不為市場和他人認同而寫，不單需要勇氣，還需要澄明的意志！

三、結語：世代平等

村上在《身為職業小說家》中很明確的說：「我向來主張：世代之間沒有優劣之分。絕對不會有某個世代比另一個世代優秀，或低劣的情況……當然傾向或方向性方面可能分別有差異，但質量本身則毫無差別。」又說：「各個世代在面臨要創造甚麼的時候，只要分別往『擅長領域』勇往直前地推進就行了……沒有必要對其他世代感到自卑。或奇怪地擁有優越感。」香港也很喜歡講「世代論」，尤其是在社會運動的平臺上，充斥世代優劣的比較，在這些新世代優於舊世代的講談中（還未有達到論述的架構），總潛藏許多怪異的情緒：第一是懺悔，以前自己做得不足也不夠好，現在的困局由我來承擔責任（真夠自負，時代不是屬於你一人的）！第二是疏懶，中老年已經不行了，讓年輕人去做（或犧牲）吧（推卸的肩膊像山泥傾瀉，最好不要煩擾我）！第三是偽善，站在道德的頂峰，向山腳負重前行的人指指點點，高呼時代是你們的，卻從不走出自己的舒適區。跟世代二元論相反的情況是一場運動浩浩蕩蕩的開展，經歷時間和空間的醞釀浸染，總有許多不同年齡層的人，在不同的崗位和領域以血肉和精神付出，正如村上所言，當中沒有優劣、只有差異，所以毋須自卑或奇怪地擁有優越感。因此，無論你或妳第一本讀村上的小說是《挪威的森林》還是《海邊的卡夫卡》，在文學閱讀的邊界上，我們都是平等的！

17.2.2021

引用書目——

- 村上春樹著，賴明珠譯，《身為職業小說家》（臺北：時報文化出版，二〇一六）。
- 村上春樹、河合隼雄著，賴明珠譯，《村上春樹去見河合隼雄》（新版）（臺北：時報文化出版，二〇一六）。
- 村上春樹口述，松家仁之採訪，賴明珠譯，《『1Q84之後～』特集》（臺北：時報文化出版，二〇一一）。

凝視孤獨的深淵

里爾克的《給青年詩人的信》

少年愛寫信，也愛讀書信集的文學作品。小學時候讀冰心的《寄小讀者》，以為那些信件是寫給自己的，努力學習讀得懂。大學時期讀歌德（Goethe）的《少年維特的煩惱》（*The Sorrows of Young Werther*），故事在既是書信又是日記的體裁裡舒展，跟主角一起經歷失戀與熱戀的痛苦人生，但那時候不明白為何維特要自殺，英國教授說是不得不如此的結局啊（很黃碧雲的語態）！後來在加州留學，課堂上讀德國詩人里爾克（Rilke）的《給青年詩人的信》（*Letters to a Young Poet*），應付課業之後有點讀得不了了之。回看這些書，全部跟青春有關，都是二十幾歲的作者寫給十幾二十歲的讀者，寫信彷彿是年少輕狂的事情，因為多愁善感、有許多蠢動不安和焦慮疑惑，因為孤寂沒有傾訴的對象，於是寫信，寫給別人也寫給自己，用書信體盛載那些直率的不滿、澎湃的喜悅、對世界的憤怒和悲傷。「書信體」是一種傾訴的文類，假設有一個書寫對象（或真有其人），通過「你」和「我」的敘述關係，開展談天說地的對話，但由於對方不在眼前，其實也是一種自言自語的方式，便於寄寓私密的、散漫而不著邊際的內容，容許主觀的視點，甚至放肆的激情與沉溺。讀書信集的人，代入那個隔著時空、也懸空的接收位置，假想這是寫給自己的文字，彷彿有一把聲音在耳邊道說世情，從別人活過的痕跡鏡照個人的處境，期求解決問題。

《給青年詩人的信》寫於一九〇三年到一九〇八年之間，里爾克當時二十八歲，是回覆一位叫做弗朗茲．謝弗．卡普斯（Franz Xaver Kappus）的十九歲年輕詩人寄來的詩和信件，三年合共寫了十封回信。重讀這些書信，有一種聽雨歌樓上與聽雨客舟中的換置，不再年輕的身，如何理解年輕的心？自己十九或二十八歲的時候究竟在做些甚麼？大概跟卡普斯和里爾克一樣，都在彷徨於成長的孤獨、徘徊於社會制度與兩性關係的迷惘中，只是，這些孤絕與迷離並沒有隨時間的腐化而消退，在兩年抗疫的禁閉環境下，益發蔓延更深黑的顏色與邊境。

一、跟疑難一起生活，抱著問題成長

每個人都經歷成長，都急切期望快快長大，以為長大就好了，一切事情都可以自主和改變；好不容易等到長大了，才發現現實不似預期，不但沒有好，卻只有更壞、和更多無能為力的改變。然而，仍在青蔥的歲月，成長的陣痛最劇烈，而又有些人一輩子成長不起來，如何長大成為困擾的問題。里爾克告訴迷亂的卡普斯說，藝術家的成熟不以時間的量度計算，因為真正的創作人不以數字的估算為目的，而是像樹那樣堅定站立和自然成長，在狂風的春季無懼於期望夏日陽光的到臨，在漠不關心和靜止的狀態中忍耐和等待。里爾克一直強調「忍受力」的重要（patience is everything），忍受外在環境的三尖八角，忍受自己衝撞後留下的傷痕，忍受自我的不足和脆弱，忍受時間磨洗心志的結果，他甚至提出要跟疑難一起生活：「Live the questions now」——當我們遇上無法解釋或解決的事物，必須耐性地保存在「心」，像閉鎖的房間或外語寫成的書，我們無法打開或理解，但不急於尋找答案，要全力親身在「問題」裡生活，時間會給予啟示、導引一個路向。

細讀里爾克幾封書信，發現他很強調生存的「忍耐」，那是一種面對困難的力量，而困難幾乎無處不在。或許，這跟他的生平際遇有關：小時候父母離異，自幼體弱多病的里爾克，少年時期被父親送去軍事學校寄宿，面對苛刻的體能訓練而無力負荷，五年後退學，卻已經承受許多不為人知、也不能言說的創傷，軍校的牧師形容他是文靜、嚴肅而有高度品質的孩子。生活環境與個性格格不入，

Rainer Maria
RILKE
LETTERS TO A YOUNG POET
TRANSLATION BY M. D. HERTER NORTON

強化了他的敏感與孤獨，也同時訓練了一股忍受惡劣的耐力。對善感的人來說，成長是漫長的，而且問題永無休止的一個接著一個，但許多轉捩點的出現必須等待契機，契機未到便一切強行不得，猶如果實經歷花粉傳播與受孕的過程，總有無法跳過的步驟，只能安靜地等候那些暗示與流向逐漸具體成形，才可以決定自己的行動與選擇。此外，即使我們如何討厭，也必須成長，然後抱著問題慢慢變老，最後不情願地死去，這真的是不得不如此啊！

二、生命是一個房間，我們不能只活在角落

書信六至八都是關於孤獨的命題。每逢節日，很容易感受孤單一人的境況，而許多人寧願應付無聊淺薄的社交活動，也要避免自己落入形單隻影。里爾克說「孤獨」屬於孩童的事情，成人並不明白，因為他們要忙於應付四周的世界，因此我們要像孩子那樣回到孤寂的童年，用新奇陌生的眼光看待每樣事物，這樣便能夠拓闊孤獨的維度，才能自我觀察，因為小孩子的不懂，其實是一種武器，用以對抗社會冷漠而僵化的規條。所謂成人世界的專業，總充滿各項要求、防衛和

刻板乏味的操作，反對個體的特異，要求全體的整合，群體中製造不孤單的假像。在這裡，里爾克帶出社會體制的問題，當人走入社會的特定身分後，往往要遵守許多規矩，否則便被孤立，但這些制約同樣帶來傷害。於是，年輕的詩人鼓勵年輕的詩人說，當無法跟「人」共存的時候，便跟「物」相處吧！物件和動物永遠充滿發生的事情，而且不會離棄人，只要我們回復孩童的孤獨狀態，便可以無視大人無價值的世界！

緊隨孤獨而來的是面對難題，一般人都會尋找方便而容易解決的辦法，但藝術家總逆向走迂迴的路徑，因為所有活的東西都是艱難的，像愛情、生存和死亡，必須通過學習才能掌握和超越，而學習永無止境又孤獨漫長；然而，藝術家必須深入這些困難的議題，才能真正的成長和成熟，我們追求的不是世俗的常規、輕省的捷徑、或千人一面的倒模，而是獨立自存的異質面貌。里爾克說我們的「心」像一個房間，悲傷常常無端探訪，四壁寂靜沒有回音，時間深黑沒有盡頭，我們被拉出曠野，身處危崖的邊緣，不安全和被遺棄的感覺從四面吹襲，這種時刻我們必須磨練免於恐懼的心志，越是兇險的處境，越要張開敏銳的感受力，釋出勇氣，同時撐開成長的創造力。是的，人總害怕未知，容易用因循的方法解決生存，但里爾克說，假如生命本來是一個寬敞的房間，我們沒理由永遠只躲在一個暗角，便以為自己經歷人生，這樣下去我們的視線會越來越變得狹窄。

走出舒適區吧，常常聽到這樣的召喚，但真正能夠做到的人不多，誰人不愛穩定沒有波瀾的日子，但所謂「平穩」真的沒有波瀾嗎？還是我們視而不見？當有一天洪水決堤，長久的安定早已令我們無法招架而被沒頂了。有人說，亂世有利於文學與藝術發展，當然，如果可以選擇，寧為太平犬，莫作亂離人，但當我們連選擇的權利都沒有，早已被拋入了亂哄哄的時代裡，如何活，或許是唯一的選擇！

在瘟疫蔓延的禁閉日子，我凝視孤獨的深淵，以眼還眼！

23.2.2022

引用書目——

- Rainer Maria Rilke, *Letter to a Young Poet*, revised edition, M. D. Herter Norton trans. (New York & London: W.W. Norton & Company, 1954).

時代的碎裂

跟創傷同命相依

自有人類以來便有創傷，人類是互相傷害的動物，無論是個體對個體、集體對集體，還是集體對個體，沒有人的生命能夠不經歷創傷而完成！我是從二〇〇三年開始讀有關「創傷研究」（Trauma Studies）的書，有弗洛伊德（Sigmund Freud）論述哀悼與憂鬱的文獻、克莉斯蒂娃的名著《黑太陽：憂傷與抑鬱》（*Black Sun: Depression and Melancholia*）、西蘇的〈死者學派〉（The School of the Dead）等等，起初是為了解決個人的事情，然後也無奈地連結城市的歷史機遇，像疫症、明星逝亡和政治困局。這是一個不算漫長的治療過程，通過閱讀和寫作鍛煉創傷的免疫能力，二〇〇八年出版《禁色的蝴蝶：張國榮的藝術形象》之後，我以為已經好起來了。或許，那時候自己是好起來的，但城市並沒有——二〇一四年雨傘運動打碎了時代的缺口，我們從此沒法好起來了！

一、意象和事件：文化創傷的記憶

當時代變得支離破碎的時候，自我的形象也隨之碎裂。美國學者安娜·卡普蘭（E. Ann Kaplan）和王斑（Ban Wang）在《創傷與電影》（*Trauma and*

Cinema）一書的導言指出，二十世紀之後已沒有單一的歷史，歷史也不再是線性發展，於是時代跟自我鏡照之間產生了多重折射，那是一個現代化和資本主義進程裡必然的結果。在這樣的背景下，人類的「創傷」（trauma）已經不是單純個體的事情，而是必須連接時代的景觀。然則，「創傷」是甚麼？

「創傷」是對突如其來發生、讓人措手不及的事件產生的反應，症狀包括難以置信和無以名狀的情緒，夾雜而來的失語、幻覺、焦慮和驚恐，以「意象和事件」（image and event）作為儲存形式。卡普蘭和王斑引述心理治療師范德懿（Van der Kolk，臺譯范德寇）和范德哈特（Van der Hart）的理論，闡釋「創傷」是一種特殊記憶，理性和認知的部位被關閉，而由恐懼、憂慮和震驚等情緒主導腦部的感官範疇，並蔓延身體的痛楚。根據弗洛伊德的理論，創傷的來源有兩個：第一是外在的事件，像交通意外或家庭暴力，容易形成不連接的自我（dissociated self）；第二是內在的入侵，自我受到傷害，形成精神官能症（neuroses）。晚年弗洛伊德為了逃避納粹迫害而逃亡英國，體驗了新的創傷，包括衰老、疾病、失去家園和跨文化的衝擊，由此更新了他的學說，將創傷進一步聯繫時代的變遷。

我們知道人有自我的保護機制，遇上事故不一定能夠即時反應，弗洛伊德稱之為「潛伏現象」（latency phenomenon），例如火車出軌的災難現場，曾見過沒有受傷的人若無其事的離開，那是對發生事件延遲關注的做法，過後又修整記憶或導入幻覺，意圖逃避開去。當人無法面對時代的文化創傷記憶（cultural traumatic memory，像日本的廣島原爆或美國的9-11事件），個體的自我便會分裂開去，推遲創傷的感應。這種將自我隔離於時代的創傷，無法接近受創的根源，歷史被隔絕於精神的構成，創傷由是延宕和隱藏，脫離某些特定時空之後，更造成研究上的困難。

二、創傷彷彿一隻潛伏的怪獸

這些創傷研究，對應香港這些年的境況，能夠給予我們怎樣的揭示？首先，創傷以「意象和事件」的形式儲存，這也是詩創作的入口之一，例如將日常發生的事件抽取印象最深刻的部分，或將某些具體的場面轉化為抽象的畫面，或從情緒的糾結中理出個人的心象等等，然後整頓和書寫下來。二〇一九年我寫了一首詩〈被殺的城〉，分成「小巴（炒車）」、「地鐵（冤魂）」和「渡輪（浮屍）」三節，正題是城市日常的交通工具，括號內是城市異常的事件，合起來表現某種生存處境：日常中的異常——乘搭小巴的時候，擔心司機超速，「風速與車速攬炒／一聲煞車的尖叫後／我們再也沒有呼吸了」；乘搭地鐵的時候，憂患「交通燈失靈／紅綠不閃　黑白不分／人型公仔被打得殘缺不全」；乘搭渡輪的時候，海浪浮映幻覺，看見「對岸有人壽保險的廣告招牌／承諾巨額而永久的保單／給浮屍的城市」。現實發生的事情，我們身處現場直接的體驗，或經由新聞媒體的文字和圖像報導，慢慢存積了許多事件和意象，同時夾雜個人的記憶、感官意識和幻像，在迷亂之間尋找表達的線路，那就是一個整理創傷的過程，能夠寫下的即使對世道沒有幫助（文學無用論），但至少增加了自我的認知：原來那些日子人和城市是這樣活過來的！

其次，創傷是可以延宕和潛伏的，而個體保護機制的運作也因人而異，能否書寫或如何書寫，有時候是關乎活存的命題。在發生事故的時刻，有人很快便能做出反應，在社交媒體或公共空間的領域裡作出表述或批判，但有人可能經歷一段很長的時間，還是無法讓自我的意識踏足現場的記憶，躲在硬殼裡逃避時代的創傷，不過是為了能夠活下去。「創傷」彷彿一隻怪獸，它躲藏、潛伏、神出鬼沒，具有不同的形骸，卻很難消滅，甚至一輩子遍尋不獲。日本心理治療師河合隼雄跟村上春樹對談的時候指出，一些時代創傷不由個人承受，而是關乎集體的（例如神戶大地震），假如有跡可循，還可以做個判斷，但有些遭受困擾的人卻沒有能力形成症狀；村上補充說一些人所受的傷害太深，無法在自己的心裡處理，或化成某種形式表現出來，也沒有辦法好起來。

三、無法治癒的城市與人生

每個地方都有自己的時代傷口，問題是我們能否明白那些傷口從何而來？有沒有藏在自己的身上而不被發現？能夠將傷口翻出泥土，便還有治療的可能，但真的需要治療嗎？許多時候自己的心中常常分裂許多個我，這個我跟那個我爭吵不絕，我們不是不知道自己受了傷，甚至也知道治療的方法，就是無法執行。無法自我治癒的原因很多，其中一項是「創傷」已經結成了生命的板塊，我們移動不得，沒有那個創傷，我們甚麼都不是，「創傷」界定了我們是甚麼！這樣說不是為了浪漫化或沉溺自醉，跟創傷一起活存也絕對不是輕省的事情，只是，既然無法讓它從身上脫落，或它一直緊緊釘死不放，便只好跟創傷共存直至消亡！

河合隼雄後來談到一個事例：無法克服創傷的時候，有沒有人能夠通過殺人或自殺得到療癒？答案是否定的。他說有人或許會有這樣的想法，但實踐之後只會帶來更多傷害，除非那是一種轉移，例如有人在夢中「體驗」殺人或自殺，但現實裡這個人很頑強地活著，或文學作品中無數自殺和他殺的書寫，也具有這種象徵的含義。另外，他又指出，曾遇見不能依靠自殺來治療的患者，對方最後選擇了「不能治療」的人生，繼續活在這個人世上！河合這些事例，從正面和側面迴響了我在上面論及的境況：我們不能給創傷殺死、也不能滅絕創傷，只好跟它相依為命！

二〇二一年我寫了一首詩〈「Post-2019」症候群〉，將抗爭者從高空墮下死亡的事件轉化隱喻：「如果我從這高樓的欄河跳下／你的氣墊能夠接得住嗎？」詰問假如自己跌下會有人願意承接嗎？一個城市、或一段愛情關係如何擔負這個下沉的姿勢？當現實、身體和情感都反轉了，我們如何一起走下去：「沒有人想過城市有一天會忽然倒轉／頭顱卡在胯下／我和你便不能牽手走過平安路」。這樣的境況最後只有一個訴諸反諷的結局，那就是河合說的接受不能治癒的人生，因為「活存」也是一個反抗和復仇的行動，是我城保留力量的一個方法：

終於我沒有從欄河跳下
你用發脹的眼神拂袖而去
對於我仍然活著你很遺憾
對於你的遺憾我只好仍然活著

9.8.2022

引用書目——

- E. Ann Kaplan & Ban Wang eds., *Trauma and Cinema: Cross-Cultural Explorations* (Hong Kong: Hong Kong University Press, 2004).
- 村上春樹、河合隼雄著，賴明珠譯，《村上春樹去見河合隼雄》（新版）（台北：時報文化出版，二〇一六）。

發現病徵，成就藝術

弗洛依德的「屏障記憶」

我在書寫童年記憶：最早記住的畫面大約在三歲的時候，灰色的天空有幾片移動的雲，我坐在一堆廢木上，不知道在等誰？然後大約四、五歲時，被帶上電視臺表演兒童節目，跟一班同學一起敲打一些樂器，吃了三文治和奶茶——大概這樣，也只能這樣，畫面很靜止，沒有聲音，雖然我是記憶的主體，但無法確認這些印象從何而來和是否真實無誤？假如我不能驗證自己的記憶，那麼我如何繼續寫自己的童年往事？作家或藝術家的回憶錄可信嗎？這些問題已經不是單單牽涉一些文類的界定和閱讀，甚至連根拔起我們對記憶的掌握與信任！

童年記憶（childhood memory）對每個人的生命影響深遠，卻偏偏難於記認和把捉，要追溯起來總是充滿碎片或模糊印象，說到底是我們無法控制自己記住、或記不住甚麼；然而隨著成長，兒時記憶會逐漸成型，串成事件鎖住我們的思緒。弗洛依德（Sigmund Freud）將兒時記憶跟竭斯底里（hysteria）和強迫性神經官能症（obsessional neurosis）相提並論，因為包含的心理機制很近似，而且必須通過病理探索才能引導出來。我覺得有點不可思議，那是說如果不是發病便不會查探，藉著查探才發現原來心理生了病，到底哪個才是因與果？弗洛依德將這種連結精神官能症的病例命名為「屏障記憶」（screen memories），又稱作「隱藏或遮蓋記憶」（cover memories）。

一、記憶充滿斷線、缺口和變形

一般人認為記憶有自主的選擇，我們總會記住重要的、值得的、美好的事項，逃避那些充滿驚恐、尷尬和痛苦的經驗，但弗洛依德說事情沒有那麼簡單，相反的，我們常常會鉅細無遺地記住許多無關重要的瑣事或無聊事，反而刻意隱沒重大事件的骨幹和脈絡。他舉例說一位語文學教授回想三、四歲的童年，腦裡常常出現餐桌上有一碗冰，他無從知道這個記憶的來源；根據他的父母解釋，那時候正值他的祖母逝世，對他造成沉重的打擊，但教授的記憶除了那一碗冰之外，完全沒有死亡事件的印象。這個事例說明「記憶」不會完整無缺，而是充滿斷線、缺口和變形，因為不完整，所以很瑣碎，因為有轉移，所以很隱晦，而心理分析的功能就是找出遺失的線路，重整分離的板塊，尋找記住了甚麼、又遺漏了甚麼。弗洛依德指出記憶的構成有兩種相反相成的力量，在渴望記住一些經驗

WRITINGS ON ART
AND LITERATURE
Sigmund Freud

的同時，會衍生抵禦的阻力，彼此競爭和制衡以達到最終的折衷與協調。調協的過程上，心理系統會避開令人討厭和憎惡的事態，原有經驗便被轉移或替代，結果造成記憶移位，但這種狀況不是簡單一對一的關係，不是一個心理內容由另一個替代，中間還涉及壓抑的本能，那是一個佈滿衝突、壓制、替換而捲入妥協的結果（conflict, repression, substitution involving a compromise）。這些心理機制，在正常或日常的運作下往往不被理智或邏輯察見，因為它們會不停移動、不被辨識，直到出現思維障礙，才從病理學方向處理。為了拆解記憶的構成及其虛妄，弗洛依德舉出了一個病例，從頭娓娓道說一段充滿創傷的童年往事，但有趣的是經過後世學者翻查書信文獻，才發現原來這個病例是弗洛依德本人的真實經驗，而這個病人就是他自己！

二、記憶的慾望、幻想與壓抑

弗洛依德說有一個三十八歲的病人，在大學主修心理學，三歲時離開出生的小鎮，離去前的記憶都是短小的場景，充滿感官的細節。這個病人說：記憶中有一個斜面的大草地，鬱鬱蔥蔥的碧綠色，長滿黃色的蒲公英，草原的盡頭有一間農舍，門前站了兩個正在談話的女人；草原上有三個兩至四歲、正在嬉玩的孩子，那是自己、堂表兄和堂表妹，他們在採摘蒲公英，但兄弟二人突然欺負小女孩，搶去她手中的花，女孩揮著眼淚跑上高原投訴，農舍婦人給她一片麵包安慰；兩個男孩見狀便拋去手中的花，也跑上前去要求美味的麵包……記憶到這裡便結束了。病人說無法將這個記憶場景跟小時候任何事件聯繫，只有花的顏色和麵包的味道很強烈；然後在詳細的追問與回溯下，病人指出十七歲那年重訪童年故居，遇上喜歡的女孩。接下來的篇章弗洛依德便以精神分析的角度，闡釋這些記憶潛藏的隱喻，指出病人的父親由於破產而被迫離開小鎮到大城市謀生，生活的艱難造成主角的童年創傷，為了迴避這些不愉快的境遇而產生記憶轉移，將重訪舊地遇見的人事轉成童年的生活情景，那些黃色蒲公英暗示了情慾、同齡的堂表妹是他日後戀慕的少女，而麵包象徵對生計的憂慮等等。我無意在這裡複述弗洛依德自己跟自己診斷的結果，有興趣的讀者不妨找出文章來讀，我比較在意的是結論，心理學大師如何歸納「屏障記憶」的特性。

記憶有「幻想」（fantasy）成分，我們無法判別哪些是記憶？哪些是被調換了的幻想？因此便無法保證記憶能夠告訴我們甚麼？所謂「屏障記憶」，就是將一些後來的印象、思緒等內容，以象徵的連結植入記憶之中，當中包含了形構的成分。這是一種無意識的思想在延續意識的運作（unconscious thoughts that continue the conscious ones）：首先，強烈的內心慾望（尤其是無法實踐和難於啟齒的心願），會驅動意識將之合理呈現，越被壓抑的幻想，越以變形的姿勢化身記憶存檔；其次，成年之後經歷多了，在時空的錯置與重疊之下，一些原本屬於後來發生的事情，會跟兒時的殘餘印象搞混在一起，複合新的面貌；最後是最極端的狀況，出現偽造或虛假記憶，一些從沒有發生的事情，卻很清晰的釘印腦中的畫面。弗洛依德說「屏障記憶」是倒退的（retrogressive）或預想的(anticipatory)，既能返回早期的狀況，又會期待即將發生的事故，對於壓抑的內容，既可以正面、也可能產生負面或難於駕馭的形態，因此必須仔細拆解記憶存庫中各項複雜的界面，這跟處理歇斯底里症的病徵一致！

三、記憶不可靠，文字很浮動

弗洛依德寫於一八九九年的〈屏障記憶〉給我三個啟示。第一，正如學者休．霍頓（Hugh Haughton）指出這是一篇意義重大、很有顛覆力的文章，不但影響精神分析的學說，還動搖自傳、傳記和回憶錄的文類身分。所有自傳體記憶（autobiographical memory）都是通過回顧構成，假如記憶有屏障、隱藏、剪輯、變形和移位，甚至虛構，我們還可以相信傳記文學嗎？記憶不可靠，文字的符號很浮動，作家如何書寫？讀者應該怎樣對待？「真實」無法還原，一切只是「仿真」，在記憶的碎片中，我們如何辨認自己和他人、以及世界？第二，弗洛依德開創了以自己的病例作為自傳體書寫的策略，表面是第三身的敘述，包含病人和醫生的對話，但潛文本是一趟自我分析（self-analysis）的過程，是他一人分飾兩角，採取猶如福爾摩斯探案的姿勢，醫生不停盤問記憶的細節，病人往往復復回溯生活的經歷，讀來充滿尋幽探秘的趣味（當然也在窺視他人的私隱）！第三，弗洛依德說我們都是以「外在觀察者」（outside observer）的身分出現在自己的記憶裡，那是說在記憶的場景中，我們自身化成疏離的視點，在旁觀自己的存在與經歷。這樣說起來真有點恐怖，然而對於旁觀自己的記憶，我們又很習以為常，無論記憶中這個「我」是小孩、少年還是成人，我們都在進行自我跟時空的分裂，這方面「夢境」跟「記憶」很相似，所以有時候兩者會混淆不清，到底我們是夢見了還是記住了？這也是屏障記憶的一種！

我們的人生是由記憶不斷累積構成，累積越多，過去、現在與將來的多重時空越複疊、換置和變形，正如弗洛依德所言，我們會為無法達成的願望製造記憶，讓從來沒有發生的事情和關係以場景、意象和畫面不斷再現，漸漸分不清到底是記憶還是幻覺！例如牢牢記住從來沒有愛過自己的人那些言行，本來雲淡風清的關係卻密密縫住思念的情緒，遺棄自己後沒有見過面的親人在腦裡恆存印象，那是我們壓抑的情感給自己鋪陳的臺階，讓我們相信現實即使不似預期，但記憶長存。這樣說起來也許很悲哀，連記憶也會矇騙我們，而矇騙者是自己的心魔，所以弗洛依德才將「屏障記憶」納入精神官能症的病例中！或許生而為人，本來就不能避免患有不同程度或類別的精神病吧，而有些人能夠發現病徵，然後成就藝術或一家之言！

10.2.2023

引用書目——

- Sigmund Freud, "Screen Memories," in *The Uncanny*, David Mclintock trans. (Penguin Classics, 2003), pp. 1-22.
- Hugh Haughton, "Introduction," in Freud, *The Uncanny*, pp. vii-lx.

在「後二〇一九」尋找書寫的靈光

班雅明的〈說故事的人〉

偉大的說故事者有一個共同之處，就是擁有在個人經驗的階梯上升降起落的自由[1]——這是一個論述，也是一個比喻，懷特．班雅明（Walter Benjamin）說的。班雅明的文字難讀卻又有牽引追看下去的動力，他的大部分著作屬於理論系列，卻佈滿詩意和象徵，他是繼羅蘭．巴特之後讓我體驗跨文類書寫的實踐，讀到盡頭不再汲汲於界分到底是論述還是故事，而是沉浸於那些街道、人潮和城市的生活氣息，以及星空、顏色、光影等細節羅列。班雅明有一篇著名的文章叫做〈說故事的人〉（The Storyteller），原是論析俄國作家尼古拉．科夫（Nikolai Leskov）的寫作，卻以說故事的方式勾出甚麼是「說故事」（storytelling）的概念，而且連接歷史和記憶，讓我思考當代城市的身世。

一、故事的根源：流徙與留守

「說故事者」已經消失了，「說故事」的藝術已經終結！班雅明在文章的開

1. 原文的英譯是："All great storytellers have in common the freedom with which they move up and down the rungs of their experience as on a ladder (102)." 這裡我只是意譯。

首便這樣慨歎，而消失和終結的原因是生活經驗的貶值，人們甚至沒有交流經驗的能耐。二十世紀是戰爭和媒介發達的年代，前者的殘酷及其帶來經濟、民生與精神文明的崩潰，讓痛苦的人無法言說；後者伴隨科技而來鋪天蓋地的資訊，代替了表述的方式。班雅明追溯以前口述故事的流傳形態，說的和聽的彼此交換經驗；他說「故事」的來源有兩種，一種是遠遊外地的經歷，另一種是活在原居地的體驗，遠行回來的人必有故事要說，而居留者也有許多當地的事件或傳統可以分享，如何敘述一個或一些地方，便是故事的根源。班雅明指出，說故事者很務實，以教誨引動道德和智慧，目的不是要為難題提供答案，而是打開故事延展下去的可能，從而追尋真理——當我們想弄清楚一些事理的時候，便會繼續聆聽和講說故事，這是溝通的橋樑，將分散的人聯繫起來。

班雅明開宗明義的闡釋讓我串連香港的處境，「後二〇一九」的歲月裡，我城的故事也有兩種，一種來自海外的流徙者（流亡或移民的），另一種便是留守本地的人，合起來便是如何「書寫一個地方」的命題。跟班雅明的論述有點不同，我們的流徙者大部分都不再回來，那麼他／她們的故事到底跟誰說呢？只是，「香

Benjamin
WALTER
BENJAMIN
and Reflections

港文學」的定義從此跟過去截然不同，產生的變貌更繁複、分歧也更多！前些時候有人在社交媒體上提問：移民遠走的人不能一輩子寫香港故事，寫完了離去的經驗後還如何寫下去才是創作更大的考驗；另一方面，留在原居地的人每天承受城市不合常理的異變、不合比例的崩塌，當文學不能改變現實的時候，該如何擺放寫下去的位置和理由？時代的板塊仍在分裂和移動中，二〇二三年的這一刻，還沒有足夠的歷史距離讓我看清變異和發展，但可以確定的是，評論人和文學史研究者已經不能用舊有的方式理解香港文學的組成，如果說書寫「香港」的都是這個地方的文學，這是個怎樣的「地域」邊界？無論是游徙還是留守的，又是怎樣的身分結構？在離散和連結的矛盾中，我們怎樣評價「如何寫」的形式和「寫甚麼」的內容？寫給誰看的這個「誰」到底是誰？

二、直面不可說的死亡

寫於一九三六年，〈說故事的人〉剖析當時媒介社會導致人類溝通出現碎片化的現象，資訊以洶湧而搶耳的姿態佔據每日生活，人們得到一堆沒有關連、彼此割裂、平庸、冰冷而彷彿事不關己的訊息，無從也不去求證當中的真假。人們不再需要「故事」，而是五光十色和無遠弗屆的資訊，「說故事」的藝術從此沒落和消失。班雅明認為故事無論來自鄉村、海洋還是城市，都是一門溝通的手藝，讓說故事者沉澱生命，猶如製陶工人抓住黏土器皿上的指印那樣再現出來（又是一個生動的比喻），而為了呈示生命，說的故事必須直面死亡。在遠古的時候，（西方）人不忌諱死亡，而是勇於思考永恆與再生的力量，但自十九世紀以降經歷一系列公共衛生、人口政策、城市發展、公眾與私人的規範之後，死亡從日常生活中隔離，在現代社會裡，死亡被越推越遠，以至不可觸碰。班雅明指出，「死亡」是生命的來源，也構成故事的底本，當它被裁決變成禁忌，便削弱了故事的根基，無法形構道德和智慧的內容。班雅明這個論述，使我想起了法國哲學家米歇爾．福柯（Michel Foucault，臺譯米歇爾．傅柯）著名的文章〈論其他空間：烏托邦與異托邦〉（Of Other Spaces: Utopias and Heterotopias），當中勾勒二十世紀在城市規劃下，為了開發更多有用的土地，不惜將原本建在市中心和教堂旁的墳地遷移到邊陲的地方，促使人減退了對死亡的宗教信仰與膜拜、對家族記憶的存念和延續。「死亡」觀念的改變，不但顛覆了人類文明的發展軌跡，同時也影響了文化和藝術的想像；對班雅明來說，「故事」被平板的資訊取替，說故事者也不得不失去了應有的位置，而更重要的是「死亡」不單關乎個體，也聯繫歷史——這才是班雅明苦苦扣連的核心論述！

三、故事作為記憶：記錄破敗的歷史

「故事」連結生死（life and death），生死是年代記（chronicle），年代記是史詩（epic），史詩是史料編纂（historiography），而史料的基礎便是記憶（memory）——這是班雅明猶如鎖鏈環扣的論述線路，他說只有通過全面的記憶，史詩式的書寫才能吸收發生的事件，使它超越死亡的力度，因此，記憶是歷史的形態！「記憶」跟時間（Time）競賽，是生存留下的唯一憑證，一代一代流傳下來便建構了傳統的鏈接，只有當故事一路說下去，才能完成歷史的敘述。美國後現代理論大師詹明信（Fredric Jameson）在他的《班雅明：多重面向》（*The Benjamin Files*）一書中進一步指出，班雅明這樣的扣連，是以「故事」來重新定義「記憶」，記憶標誌客體或物體的存在，同時通過值得紀念和可供記認而識別，那就是傳統說故事人的述說；這些民間藝人是歷史的見證者，化身為口述的、老輩的、圍在篝火旁或榕樹下的說書人，娓娓道來關於戰爭的、死亡的、疾病的故事，藉以重建希望和治癒創傷。寫到這裡，頓然發現班雅明和詹明信彷彿在論述我城的境況，這是理論超越了時空？還是人類歷史一直在走圈圈的輪迴？

當亂世來臨，真相會變成濁流混淆不清，記憶會被禁止、清洗、截斷、抹掉或取替，我們如何書寫自己的年代記？怎樣跨過時代的生與死？納粹時期的猶太裔女孩安妮．法蘭克（Anne Frank），藏匿於不見陽光的閣樓，以日記形式記錄逃避政治屠殺的日常生活和青春的蠢動；史太林時代被流放的索隱尼辛（Alexander Solzhenitsyn），用集中營一天的敘述框架，寫出極權統治下人性的剝削與生活的嚴酷；還有經歷布拉格之春的哈維爾（Václav Havel），在政治抓捕的黑暗沼澤裡，融入個人的生命、希望與傷痛，寫成《無權勢者的力量》（*The Power of the Powerless*），倡議以活在真實中的信念來對抗極權[2]。有人說亂世文

2. 這三本著作的英譯本分別是：Anne Frank: *The Diary of a Young Girl*, Alexander Solzhenitsyn: *One Day in the Life of Ivan Denisovich*, Václav Havel: *The Power of the Powerless*。

章無用，的確，文學不能改變現實，但可以改變人心，拓闊對將來的想像，給予勇氣和希望，同時記錄曾經發生的人和事情。這是由班雅明的概念延伸而來的當代思考，說故事者是時代和地方的歷史見證人，層層挖開被掩埋的記憶和真相，用故事承載道德和智慧，只要有人想聽，故事便會延續下去……

四、「後二〇一九」香港故事的困局

故事必須延續，然則如何寫？上世紀九十年代，香港作家也斯曾經很經典的指出「香港的故事很難說」，他說「那些不同的故事，不一定告訴我們關於香港的故事，而是告訴了我們那個說故事的人，告訴了我們他站在甚麼位置說話。」也斯提問的核心是「說故事者的位置」，這是他給予我最大的啟發，也是我從班雅明思考「後二〇一九」香港書寫的切入點，那是「如何寫」、「寫甚麼」和「寫給誰看」的思考軸線。鄧建華的長文〈在「正常化」時期閱讀哈維爾〉，曾指出不少人對閱讀劫後餘生的離散文體不感興趣，原因並非書寫「失真」，而是它們圍繞某些結論打轉，折射某種意識形態，或某些說故事的手法已經失效。他說：「城市生活整齊劃一，流亡者的心態整體劃一，留在港的人，也整齊劃一……如果這個時空只能夠臉譜化地被描述，那麼種種的『下面』都不會被看見。」他慨嘆璀璨的都市光輝的確不再，生活被磨平了許多，即所謂「美麗新香港」，但這樣接納了事實並沒有意義，依然有許多格格不入的地方。鄧建華的論述一針見血的翻出「後二〇一九」香港書寫的困局，無論是離開還是留守的人，似乎都在訴說同質的東西，或在預設的框架內打轉，意識形態先行，越要講述故事越失效無用，即使願意低頭接受改變，但仍然無法消解自身跟城市凹凸不平的不適應感！

這些年，讀過一些文字創作，看過一些表演藝術的演出，看到了許多「整齊劃一」、「結論先行」的「臉譜化」作品，同時發現了一些兩難的處境：一種是失語的狀態，無法整理凌亂的情感與思緒，而現實又高速而魔幻的劇烈變化，總來不及抓住事態發生的來龍去脈，更遑論深入事件底層的根部，於是只能述說面層的情緒。另一種是急於跟「時代」的命脈扣連，不是在預設的命題上說彼此都說過許多遍的話，便是跌入自設的二元對立中而簡化了現象，來來去去重重複複那些議題與範疇。還有第三種是文字與藝術的投機取巧，揣摩市場和大眾需要的東西而精緻地生產，以「代言香港」的花招攫取名聲或金錢的實利。排除第三種的做法（因為沒有討論意義），第一和第二種的境況才有思慮的價值，歸根的問題是在「後二〇一九」的年代裡，藝術家到底該如何創作？撇開政治審查的監控，更需要處理的是創作人面對生活的能力；有時候，我會覺得或許需要放下「時代」這個命題、或包袱，否則只會一直在原來的地方兜圈，卻以為自己走得很遠，其實甚麼地方都沒有去過，而現實卻千迴百轉！詰問日常怎樣過，或許才知道如何寫，而日常佈滿艱辛，在述說故事之前，需要將自己推倒重置，重設視界和心志，磨練跟過去任何一個歷史階段都不相同的觀察能力。

結語：理論的詩學

來到結論的時刻，我也沒有辦法提出任何寫作的法則（也沒有必要），而是很想回歸班雅明的故事，強調「風格」是讓故事聽下去的關鍵。從一九三六年到現在，〈說故事的人〉仍然閃耀靈光，除了作者寫了甚麼以外，還在於如何寫！德國哲學家漢娜．鄂蘭（Hannah Arendt）指出班雅明擅於運用比喻，而且是溯源

「比喻」(metaphor)最原初「轉移」(transfer)的本意(而非「類比」),那是建立一種感官地發見事物即時性的聯繫,而無須額外解說,跟一般需要分析的諷喻(或寓意)不同,班雅明的比喻帶出詩意,呈示語言本有的天賦特質,從他的句子構成直入道理的核心。鄂蘭說這種文字風格,除了得力於班雅明孤僻的個性與逆反世道的睿智外,也來自他的文學素養,他不是詩人,但熟讀歌德和波特萊爾(Baudelaire)的經典,跟劇作家布萊希特(Brecht)是好朋友,磨練他對表述的敏感、精緻和準確,通過層層推進的比喻,拆解舊有僵固的思想體系,同時衝擊當時學術和評論圈子的保守與浮淺。我很喜歡她引述班雅明這樣的句子:「Hope passed over their heads like a star that falls from the sky... Only for the sake of the hopeless ones have we been given hope」,前句關於歌德,後句關於卡夫卡!除了鄂蘭,詹明信也致力剖析班雅明行文的特性跟建立概念的關連,認為社會學家齊美爾(Georg Simmel)筆下的城市觀察,不單為班雅明閱讀波特萊爾詩化的現代主義提供舞臺,同時也滋養他那特殊的文風,通過經驗或主題的特性,匯合而成理論的詮釋,並且充滿詩意,屬於新的理論文類(new theoretical genre)。詹明信的闡述很有啟發的意義,我們如何探索城市,也必然聯繫怎樣書寫這些探索的結果，同樣，如何寫下眼睛看到的、耳朵聽到的，以及感官意識到的，也構成筆下城市的面貌，無論那是文學或論述、還是兩者的結合！於是，當我們研讀「遊蕩者」（The Flâneur）的理論時，便彷彿跟著班雅明一起走入巴黎的街道、拱廊和商場，一起看煤氣燈的光暈、一起坐在互不交談的車廂內、一起領受擠擁人群中的孤獨[3]……班雅明的書寫並不容易跟隨，他是以說故事者的角色投入普世的生命經驗，將觸覺、感官、或官能上的意識融入理性思維，而且總是故事中有故事，一個論點包在另一個論點的結構之內，讀者要像剝洋蔥那樣掰開內層鱗葉，才能看清脈絡的分佈與核心的內容，至於能夠到達多深的維度或多闊的邊境，不單在於理解力，還在於感受力和想像力。是的，班雅明（還有齊美爾）的理論不是硬綳綳的學術層架，而是不停游離且瞬間轉移的哲學思辨，帶著情感的詩意，優雅而隱晦地跨越文類的邊界和歷史的時空，建立無比鮮明的個性——只有能夠說故事的人，才可以在個人經驗的階梯上自由往返！

27.6.2023

3. 有關「遊蕩者」（The Flâneur）的理論，見班雅明的經典著作 *Charles Baudelaire: A Lyric Poet in the Era of High Capitalism*。

引用書目——

- Hannah Arendt, "Introduction: Walter Benjamin: 1892-1940," in Walter Benjamin, *Illuminations*, Harry Zohn trans. (New York: Schocken Books, 1969), pp. 1-55.
- Walter Benjamin, "The Storyteller: Reflections on the Works of Nikolai Leskov," in *Illuminations*, pp. 83-109.
- Michel Foucault, "Of Other Spaces: Utopias and Heterotopias," in Neil Leach ed., *Rethinking Architecture: A Reader in Cultural Theory* (London & New York: Routledge, 1997), pp. 350-56.
- Fredric Jameson, "The Foremost German Literary Critic," in *The Benjamin Files* (London & New York: Verso, 2020), pp. 135-76.
- 也斯，〈香港的故事：為甚麼這麼難說？〉，《香港文化》（香港：香港藝術中心，一九九五），頁四—十二。
- 鄧建華，〈在「正常化」時期閱讀哈維爾〉，《端傳媒》，二〇二三年六月九日，https://theinitium.com/article/20230609-opinion-read-havel-in-so-called-normaltime/?utm_source=facebook&utm_medium=facebook&utm_campaign=fbpost&fbclid=IwAR0xu0mWVklm3qv_Aciu3ciAEGb_cJmY3t3WqMYrweI_JJnJmSIGfaoWsQQ（二〇二三年六月二十七日瀏覽）。

肖像畫與寫作

《刺殺騎士團長》的藝術觀

我們讀小說，通常會集中注意力追蹤故事情節和人物動態，直至結局，尤其是帶有偵探和懸疑成分的作品，但有沒有另一種讀法是為了探索作者的藝術觀？二〇一七年當《刺殺騎士團長》的中譯本出來後，我讀了第一次；二〇二三年連續失眠的夜裡，我狠下決心重讀這本上下兩冊、合共八百五十頁的長篇小說，而且重讀了兩次。由於早已知道故事內容，所以能夠分散注意力，讀村上那些描述性很強的文字，像人物的衣飾配搭、雜木林的樹葉和風雨雲海的顏色變化，然後發現那是一本關於「藝術創作」的書，納粹歷史的刺殺事件只是一個引子。接著我重讀第三次，只挑出跟繪畫相關的章節來讀，慢慢便拼合了一幅仿若村上創作的藝術地圖，從畫家的故事轉入寫作的聯想，引動一場閱讀的地震，震央在村上的佈局，餘震在我共鳴的挪移。

一、從繪畫到寫作的範式轉移

《刺殺騎士團長》講述以繪畫肖像畫維生的男主角，被妻子拋棄後獨居山上一所小房子，那是赫赫有名的畫家雨田具彥的畫室。九十高齡的畫家由於失智症而入住了療養院，他的兒子便讓失婚的好友住進去，同時幫忙看管房子。沒有名字的第一身主角自此開展了連串的奇幻歷險，首先他在閣樓發現畫家秘密收藏、從未公開的畫作〈刺殺騎士團長〉，不單跟他成名於世的畫風大不相同，還隱藏一段不為人知的政治暗殺事件；接著他遇見住在另一邊山頭的鄰居免色先生，受他委託而繪畫肖像畫，再捲入私生女的秘密，經歷一段刺激的啟蒙旅程，包括「騎士團長」從畫中走到現實眼前，最後為了拯救女孩不得不用刀將他刺殺，再從地底走入水道和山洞二度重生。跟村上過去的作品一樣，這部小說同樣瀰漫反戰、反體制和追求個體自由的思想，但不同的是主角是畫家，日常生活的描述便不能避免關於繪畫的藝術知識。村上曾在《貓頭鷹在黃昏飛翔》的訪問中說過，由於他從未畫過油畫，不了解油畫的細節，大體上都是依靠想像描寫，事後拿給專家看，請對方指出不妥之處，再修改細節，不過也沒有太多錯誤就是了；另外，他也認為「只要把小說家寫小說替換成畫家作畫」，在創作行為的本質上毫無分別——換轉這個角度看，我有理由相信是作者意圖借用畫家的造像來寄寓他的藝術觀，甚至寫作的理念。

刺殺騎士團長
12.2017
村上春樹

二、商業與藝術：「肖像畫」與「人像畫」

第一個命題是藝術為誰而來？「畫家」有兩種：商業的和藝術的。大學時期男主角學習抽象畫，畢業後為了糊口，改以寫實而穩重的風格為公司董事長、學會大人物、議員和地方士紳等社會顯貴，繪畫實用和展覽功能的肖像畫；經歷離婚後搬入山中，開始找回自己想畫的畫，即使同是肖像畫，也遵從個人心中的意識和想法，畫成抽象的形態。角色的轉變帶出「創作自主」的問題，繪畫或寫作到底是為了生計、市場利益還是自我表述？在流行文化和商業生產的漩渦裡，有沒有堅持個人理念的空隙？賣錢的作品能否同時擁有保存的價值？村上借主角的敘述指出肖像畫家必須具備豐富的視覺記憶，能夠看透對方核心的能力，臉孔像手相，與其說是天生的，不如說是在歲月與環境的流變中慢慢形成；於是那些繪畫的場景，同時也是人物描述的段落，主角與作者合二為一，藉著縷析畫技寄寓創作概念。例如主角在替免色先生畫肖像畫的時候，連結外在的總合形象與人格，逐漸畫成為自己而畫的畫，那是一種依隨個人自由和意志，超越委託人的意願而形構的風格，甚至將人的黑暗面和負能量一併畫入畫中，或借助他人的形貌挖出自己的惡性，這是商業肖像畫並不容許的東西。所謂「肖像畫」是有一個活生生的個體站在眼前，要求客觀而仿真的模擬行動，但當畫家將屬於自己的個人特質、以及對對方的主觀愛惡或人性體驗也融合起來，已經由商業的「肖像畫」變成藝術的「人像畫」，那不是為了特定僱主服務的東西，而是因應藝術訴求、不得不如此表達的作品。在這個議題上，藝術的純度取決於創作者自我擺放的維度，及其提煉的精準與創意！

三、素材與靈感：「畫布禪」與「地震說」

如何繪畫一張肖像畫？第二個藝術命題是創作過程。很喜歡村上說的「素材儲存」與「靈感呼喚」，那是不站在畫架前，對日常事物的觀察累積，留心生活環境四周的事物和變化，植入記憶的檔案中。書中主角幾次出入屋外的雜木林，走在路上看樹、看雲、看天空和樹葉顏色的變化，突然某一天彷彿受到感召，便畫出〈雜木林中的洞穴〉。那過程是「某種風景，物體，人物，純粹非常簡單的捕抓住我的心」，然後在沒有甚麼意義和目的下便畫起來了，但這不是「一時心血來潮」，而是一種強烈的追求驅動他的畫筆，甚至沒有考量到底為商業還是藝術而畫，是內在聲音的渴求，這就是「靈感的召喚」——那是平常存儲的意念，在電光火石之間爆現出來的創作衝動。我一直相信「不為誰而創作」是最難能可貴的境地，那是拋開外在世界的羈絆，直面自己的誠實、情感和慾望。許多時候我們越竭力想寫些甚麼，腦袋越空無一片，除了養分不足和材料單薄外，也因為太為了創作而「創作」，寫出來的東西很容易變得虛偽或矯情。然而另一方面，創作出現的「空白」狀態，有時候卻是題材仍在構成卻還未成形的狀態中，村上稱之為「畫布禪」，雖然甚麼都沒有畫，但上面絕對不是空白，而是悄悄隱藏了即將降臨的東西，眼睛凝神注視的話，便會發現有許多可能，那是「存在與非存在混合的瞬間」，終有一天會朝向一個線索而集中整合起來。不知道有沒有「寫作禪」呢？這種等待形成的創作狀態很考驗作家在肉身和精神上的耐力，難怪村上要通過跑馬拉松來鍛煉體能和意志。

除了「畫布禪」，村上還提出「地震說」。他借免色先生的對白，指出創作的醞釀像「深海的地震」，在眼睛看不見、日光照不到的潛意識領域下不斷蠕動，傳到地上才成為表象，而「卓越的創意，往往是從黑暗中毫無根據地出現的念頭。」然後又借騎士團長解釋繪畫是將「主體」形體化的過程，猶如雙手在意識的黑暗中打撈。「黑暗地帶」似乎是村上常常強調的書寫領域，既是創作人曲折潛藏的意識，也是人性深層埋藏的惡性，平常的日子像地底的山脈不被發現，只有通過創作才會上升和顯露地表，卻往往能夠成就巨大爆發力的創造，端看我們有沒有能耐或機遇去發掘出來。「寫作的潛意識」算是老生常談了，關鍵在於「地震」這個有趣的比喻，可以想像一個人要承受內在地震的創作慾望、靈感和衝擊，生命與情緒的激盪並不輕省，幾近毀滅的狀態，但假如沒有衝出地表這個表達的缺口，內爆將會帶來更多崩塌的結果。藝術創作就是這麼一回事，在不得不、不能不的攪動中持久掙扎，黑暗的時期漫長，但期待有光，便磨出堅韌的意志！

四、「鎮魂」：讓作品說話

最後的命題是藝術功能。首先藝術能夠對抗死亡，主角的妹妹在童年時候死去，為了不忘記她的臉，他開始在素描簿上繪畫妹妹的容顏，將映在心中的姿態設法再現白紙上，這同時也是一項補償行動，將現實中追求不到或失去的東西在畫中出現，因為「藝術可以使那記憶變成有形的，可以留在那裡」，具有永續性，而且「記憶可以溫暖時間」！主角舉梵谷（Van Gogh）的畫作〈郵差〉為例，一個原本籍籍無名的人因為畫家的筆觸，一百年後依然永續存在，讓世界各地的人「專注地欣賞畫中的自己」——蜉蝣的生命因藝術而永續延長和永恆定格！其次藝術能夠治癒創傷，書中的老畫家雨田具彥，年輕時候因參與刺殺納粹軍官失敗後被遣返日本，同伴和愛人都慘烈犧牲了，他不能對外公開事件，一方面是政治力量禁止他用語言講出真相，一方面是太過血淋淋的記憶無法表述，於是便畫出〈刺殺騎士團長〉這幅畫，以激烈的顏色承受現實的暴力，讓無法實行的刺殺行動在畫中進行，寄寓他無法平復的傷痛、遺憾、對戰爭的憤恨和無力感。畫作完成後秘密收藏閣樓上不被世人知道，因為對他來說必須畫出這張畫才能獲得救贖，而不是為了得到歌頌或認同——主角說這是「為了鎮魂所畫的畫」，為了淨化許多流過的血！很喜歡「鎮魂」這個概念，那是「鎮靜靈魂，安撫悲傷，療癒傷痛的作品」，是藝術治療生命最高的價值和意義。

村上說當作品接近完成時，「會獲得獨自的意志、觀點、和發言力」，而到了完成之後，會對做畫的人顯示已經完成了，「如果那畫想說甚麼的話，就讓畫來說啊！」這是讓作品說話的實踐，由於作品完成後自有生命，所以創作者不會擁有絕對的發言權，尤其是作品到達讀者手中之後，更變成作者無法觸及的東西，而讀者是千差萬別的，必須開放詮釋的方位，才能打開多元觀照的視野。就這樣我也為《刺殺騎士團長》建立個人的閱讀方式，在小說的體例中不講故事和人物，而是勾畫村上的藝術觀，當中也融入了我的聲音和身影，借用村上的話：「隱喻就以隱喻，暗號就以暗號」，讓文章直接說話好了！

15.1.2024

引用書目——

- 村上春樹著，賴明珠譯，《刺殺騎士團長》第一、二部（臺北：時報文化出版，二〇一七）。
- 川上未映子、村上春樹著，劉子倩譯，《貓頭鷹在黃昏飛翔》（臺北：時報文化出版，二〇一九）。

II 創作論

小說的歷史學與輸入法

昆德拉的時代思慮

生命是一個我們已知的陷阱：我們誕生卻沒有經過應許，並且囚禁在一個我們沒有選擇的身體，然後注定死亡——寫《生命中不能承受之輕》（*The Unbearable Lightness of Being*）的捷克作家米蘭・昆德拉（Milan Kundera）這樣說。我在第四波疫情癱瘓城市運作的時刻，趕在二〇二〇年即將結束之前，翻閱昆德拉的《小說的藝術》（*The Art of Novel*），讀到這樣帶點存在主義的字句，有一種不遲不早、順應時機的巧合。「That Life is a trap」，英譯本說的「trap」是陷阱、圈套、牢籠、羅網、詭計、困境等各種含義，一個不封關的城市，病毒自由進出，城裡的人卻走不掉，我們不單被囚禁在不是自己選擇的身體裡（無論性別、疾病或健康），還有出生的所在地，身／心不由己。讀在動盪時期的書，昆德拉的流亡書寫告訴我們歷史的時間是甚麼？小說如何跟人性的處境關連？小說的不確定性怎樣比哲學更接近生活？而我尤其喜歡他提倡的「關鍵詞」（keywords）書寫和思考方法。

一、書寫歷史的四個原理

歷史是甚麼？小說無可避免牽涉「時性」，故事不能沒有發展的時間，但小說不是歷史，我們如何看待和處理兩者的書寫問題？昆德拉說沒有甚麼東西比「現時這一刻」（present moment）更明顯而實在，每一個瞬間呈現一個小宇宙，是下一刻不能撤回地忘記的，而小說家必須抓住這些即將閃逝的消失，越要抓捉便越失去，越失去也越要抓捉，這就是書寫的行動。此外，他認為小說與歷史有兩種關係：一種是小說探索人類存在的歷史面向，另一種是小說作為歷史處境的闡明，形容特定時刻的社會狀況，那是一種小說化的歷史學（novelized historiography）。他一再強調小說只能作為小說能說的事情而存在，言下之意不能服務於其他權力、目的或要求。在處理歷史的書寫過程上，大概有四項原理：第一是濃縮書寫，猶如舞臺佈景師那樣，只為必須的戲劇行動建造少量而有限的道具；第二是只摘取能夠展示或揭露人物的歷史環境，給予行動的根源與根據，而不是詳細伸展關於政黨作用、恐怖組織或機構體制的內容；第三是人的焦點與生活細節，歷史學家注重宏觀的大論述，喜歡羅列社會的大事件，但小說家著眼於卑微的人，發掘日常被遺忘或不重要的斷片，小至街頭動物的生死或衣食住行的困惱；第四是小說的歷史境遇必須被視為人類生存的處境狀態，而不單單是事件發生的背景。昆德拉這樣總結：小說家不是歷史學人或先知，而是存在的探索者！

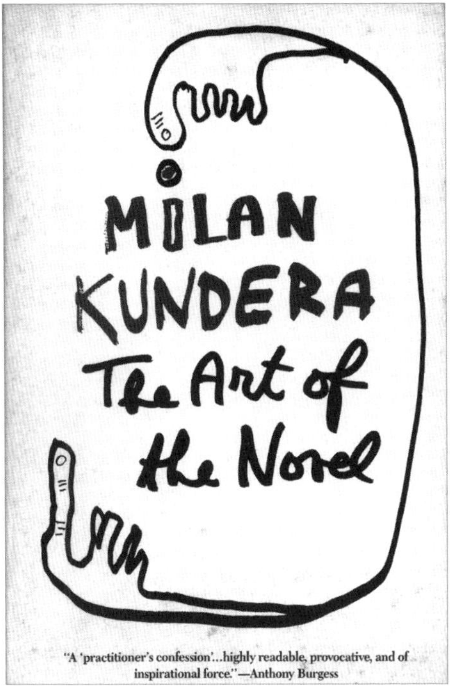
MILAN
KUNDERA
The Art of
the Novel
"A 'practitioner's confession'...highly readable, provocative, and of inspirational force."—Anthony Burgess

二、流亡的昆德拉與抗爭的香港

一九六八年蘇聯的坦克開入捷克，鎮壓要求改革的民主運動，而曾經參與「布拉格之春」失敗後的昆德拉，經歷共產主義的極權，選擇流亡法國，處身歷史異變的時刻，漫長的流徙中，他以小說的方式書寫時代，因此，他對文學與歷史的看法，對應了香港這個時刻的反思。香港的「後九七」抗爭歷史，從二〇〇三年反對「23條」立法及五十萬人上街的「七一大遊行」揭開序幕，經歷保衛皇后碼頭與菜園村、反國教等公民運動後，二〇一四年來了爭取普選的「雨傘運動」，直到二〇一九年的「反修例」抗爭到達洶湧的高潮，我們如何書寫這些年代的歷史？當文學不同於現場的實錄報導，文字也不是影像的鏡頭，作家和記者有不同的技能和身分，小說家（或詩人）怎樣處理個人文字跟仍在流轉進行的時性關連？這已經不是站得遠看不清、站得近失去距離的問題了，而是如何織入「歷史」的方法。昆德拉提出的四個原理很有意思，既是寫作的論述，也是閱讀和評論的方向。

三、當「抗爭」變成意識形態

這些年，在抗爭的浪潮裡，我們常常不自覺要求即時的反映，要求文學提出公義的審判，甚至要求作家提供解決現實的方法、給予希望的動力，因為低迷的情緒需要藝術的撫慰，卻忘記文學只能作為文學而存在，而不是心理輔導、政治論述或宣言（昆德拉說：The novel's sole raison d'être is to say what only the novel can say）。市場上需要抗爭的作品，盡可順應市場的需要而運轉，畢竟有人願意買書、讀書也是美好的事情，但不能要求文學只有抗爭的題材，也不能對不寫抗爭的人視為離地，否則也是一種意識形態的箝制（要求服務工農兵的文藝與要求抗爭的書寫其實沒有兩樣）！此外，書寫抗爭、時代和歷史的方式有多種可能，不能用一把公眾的尺衡量作者個人的二次方，認為這樣寫太軟弱、那樣寫太隱晦，相反的，粗糙的直述或政治事件的植入，有時候像廣告片，是一時之需、或提供某種鴉片式的幻覺，時間過得久了、失去時效之後便不會好看（或消退了價值和意義）！這是從閱讀的層面切入觀察，但書寫的人有時候也不能避免這些網狀結構的纏繞，為了顯示自己的世道關懷、或期求納入主流的關注，而刻意經營時代的命題，也不過是虛偽或虛飾的行為，終必為敏銳的讀者發現。另一個極端的說法是妄自菲薄，認為亂世中藝術／文學無用，既不能救世也無法改變局面，對於這種看法的人大可放棄，讓他／她們繼續這樣相信下去，對我們並沒有甚麼損失，與之爭論反而浪費生命有限的時光，不如多讀兩頁「有用」的書吧！抗疫或抗爭不知道甚麼時候結束，在結束之前和之後，仍將會有許多書寫時代的焦慮，而我們的書寫、或閱讀，在不能掌控的大局面之中，能否容許個體選擇？便測度了現實的自由和主體獨立的意識！

四、打破套式的節縮書寫

小說是甚麼？那是以想像人物作中介，潛入人類存在的思考——這是很認真的定義，但我更喜歡昆德拉說小說不是真實的，所以必須讓人逗笑、驚訝和迷醉，是在高超技藝之下鬧著玩的；又說：小說是一個幻覺世界，它的娛樂功能並不減損它的嚴肅和認真。昆德拉說出我理想中的小說模樣，作為一個讀者（不是每分鐘都在做評論和研究），許多時候只想好好讀一些奇異的故事、邂逅一些有趣的人物，共同度過消沉的時光而已。

昆德拉指出小說的藝術有三個準則，但我只想談其中兩個：第一是丟棄與剝除，通過省略的技法，濃縮現代世界的複雜生存，直入事物的核心，因為人的記憶有限，不能跌入無休止的冗長之中；面對寫小說的慣常套式像起承轉合和交代人物生平等等，濃縮書寫是唯一挽救這些贅語冗詞的方法。說得真好，事實上許多當代長篇小說本應是中篇的格局，而三冊的其實是一冊或兩冊的體積，連村上春樹也不能倖免嘮嘮叨叨的沒完沒了（例如《刺殺騎士團長》）。有時候寫小說要做資料搜集和研究，一些作者就是不願意浪費辛苦找來的材料，全部塞入敘述裡，最後讓故事像長了腫瘤的怪胎，讀下去索然無味，徒令閱讀生病，於是跳著讀，漸漸便迷失了情節和人物，最後只好中途廢棄了——這樣的書，書架上累積得越來越多，或許，藏書也需要節縮法！

五、複音、對位和脫軌

第二是小說的對位法（novelistic counterpoint），昆德拉借用音樂的比喻，提出「複調」（polyphony）的概念，那是多重敘述聲音的交替，可以利用各種文類的糅合像小故事、新聞報導、詩歌、散文來製造效果，也可以通過「主題」的變奏和貫串，聚焦不同的部分，但聲音之間必須是平等的，沒有誰蓋過或附庸於誰，而且要做到無縫接合。此外，「複音」可以從「夢的敘述」（oneiric narrative）得到，那是脫離理性操控和仿真要求的想像馳騁，冒險走入理智不能到達的地景，那裡有許多未知的領域。最後，「複音」也可以藉助「離題」或「脫軌」（digression）達到，短暫地脫離故事的脈絡，在講故事之外發展主題，通過「母題」的變奏，或一些顧左右而言他的手法，用另類角度書寫題旨，然後交給讀者自行組合串連。例如在《生命中不能承受之輕》中，有一個突異的章節縷述「媚俗」（kitsch）的意義，暫時撤離小說原有的敘述線路，另闢蹊徑講一些看似無關的支線，目的卻是為了給小說提供多元聲音的迴響。

少年時期渴望成為音樂家的昆德拉，喜歡用音樂（如曲式、旋律、節奏、交響、樂器）來討論文學，他的「複音」論述，使我想起了俄國理論家巴赫汀提出的「眾聲喧嘩」（heteroglossia）和「複調小說」（polyphonic novel），無論長短篇小說，裡面總多於一個敘述聲音的迴盪，這樣才能形構立體而豐富的生命情景，而「跨文類」與「多聲音」正是現當代小說的特性。至於「脫軌」與「離題」，其實是非常高明和難於駕馭的技法，脫得太開、離得太遠，往往收不回也迷了路，要能脫落隨意而撩動意趣，不單看文字能力，還要看生活態度，能否懂得游刃有餘、穿梭跨界的身姿！

六、關鍵詞的輸入法

怎樣寫小說？昆德拉倡議「關鍵詞」輸入法。《生命中不能承受之輕》的第三章叫做「誤解的詞」（Words Misunderstood），借用一系列的關鍵字像女人、忠誠與背叛、光明與黑暗、遊行、墓地、力量、生活在真實中等等，鋪述男女主角在性格、思想、行動和價值觀的各樣差異和隔膜，因而造成情感的格格不入，例如喜歡和討厭公眾遊行，源於男女主角的政治經驗和觀念，流連或抗拒墓地，來自二人對死亡的感悟或恐懼。「關鍵詞」作為理解世界和文學書寫的方法，形成語義的河流，同一事物衍生新的變貌，四散流竄、反復激盪——每一個字詞都有來龍去脈，能帶出許多故事和經歷，累積和建造一個人的輪廓、或世界的一些面貌。昆德拉反復指出，小說關乎人的存在，而情節就是人物生存的處境，組織關鍵詞就是抓住這些基本問題之所在，即所謂「存在符碼」（existential code）。每個人對特定的「存在符碼」有不同的認知和理解，如何通過處境的行動揭示這些符碼的意義，便是小說重要的肌理內容。甚麼是輕？甚麼是重？甚麼是軟弱或堅強與暈眩？抓住了人物這些或那些屬性，發掘原因和體現的形態，便有不同的造像。

我覺得「關鍵詞輪入法」是昆德拉寫小說的結構方式，彷如建築物的石柱和支架，支撐情節和人物的骨骼，「關鍵詞」列好了，人物的輪廓和骨血、彼此的調協或衝突，也大致成形了。的確如此，過去三年我寫了三十八個愛情小小說，就是「背叛、欺騙、創傷、復仇」等一系列關鍵詞的迴環往復，及其變奏、或和聲。例如愛情由欺瞞開始，你看見對方的幻象，對方為了討好而隱藏事實，謊言來回堆疊，直至壓破了幻覺，便留下毀傷，於是我寫了〈缺席的復仇〉、〈臉書是一塊墨鏡〉、〈洩密者〉、〈說謊的屍體〉等故事。至於「關鍵詞輸入法」好不好玩？是否可行？我看是見仁見智，但不妨用於思考和練習的實踐，譬如說面前有那麼的一個人，眼睛、鼻子、眉毛、言語、身體和周遭的環境，給你甚麼樣的關鍵詞？也許提供了一些觀照的入口。

15.1.2021

引用書目——

- Milan Kundera, *The Art of the Novel*, revised edition, Linda Asher trans. (New York: HarperPerennial, 2000).
- Milan Kundera, *The Unbearable Lightness of Being*, Michael Henry Heim trans. (New York: Faber and Faber, 1984).
- 米蘭．昆德拉著，韓少功、韓剛譯，《生命中不能承受之輕》（北京：作家出版社，一九八七）。

讓殘缺的字
自由思考

夏宇詩學

當我翻閱夏宇那本四方形的詩集《腹語術》的時候，眼前的字詞逐步出現崩缺，一些筆劃不見了，線條有點浮動，我便知道「偏頭痛」又發作了。由於不知名的因素（有說是血清素下降），腦內的血管膨脹，壓住視覺神經，於是出現閃光的暈眩，視像晃蕩。當時我正在讀〈降靈會 III〉，夏宇將繁體漢字拆卸再拼合，所有字型都缺去某些筆劃、或跟其他部首連結一起，由於書頁上的字體本來就是缺手缺腳或甩頭甩尾的，沒有發現原來自己的視覺神經已經給壓得支離破碎，我花了一些時間才弄清楚偏頭痛突襲的狀況，最後只好合上書躺下來了。夏宇送我這本詩集的時候是一九九一年，很久沒有翻看，偏頭痛也很多年沒有發作，所以我覺得事情沒有那麼簡單，一定是神諭或隱喻吧！

一、寫作的桌子

這些年追隨「夏宇風」成為香港和臺灣幾個世代詩人的文青潮流，但「夏宇體」到底是怎樣的又很難具體說得清楚，彷彿就是一堆悖論、反邏輯、離題、解構或截斷語意，當然我無意也沒有法子解說甚麼，但每次讀夏宇的詩，結果總會自己寫出詩來，她的字句有挑動書寫慾望的魔力。偏頭痛的侵襲下讀夏宇在《腹語術》底部跟萬胥亭的筆談，發現她是以傾斜的姿勢回應直線的提問，所以格外充滿喜感，關於寫作的桌子、評論的悲劇和女性的髒話，她化重為輕，我化輕為重！

當被問及寫詩的過程，夏宇回答說擁有五張形狀和大小不同的桌子，想寫甚麼的時候，會找比較乾淨的那張坐下來，弄亂了便會換過第二張，又弄亂了，又站起來再換另外一張，如此「疲於奔命」。表面上她答非所問，其實很巧妙地用比喻回應了，每一張桌子猶如一個思維的空間、或靈感的格子，裝載一些寫作的容量，當空間亂了、格子塞滿了、容量負荷不了，便重新尋找新的載體。夏宇說：「最後我大部分的詩作總在一些最不正式最意外的地方寫出來，或者趁自己不注意的時候在找下一張桌子的中途迅雷不及掩耳地寫出來。」我很喜歡這個「五張桌子」輪流來寫的狀態（現實裡應該很難擁有五張桌子吧），這裡行不通，就換個樣式吧，那裡擱不住，就轉移陣地去，真的寫不出，就把桌子掀翻了，自由的書寫應該是流動的，總在電光火石之間被抓捉，越是正襟危坐刻意的寫，越是腦袋便秘和手腳麻痺，寫出來的東西，質地也會是硬的。

二、評論的悲劇

評論人問：「別人對你的詩的理解總是不及你自己？」夏宇答：「這個問題並沒有我們想像中那麼有意義。」一句KO了對方！詩人認為一個讀者怎樣閱讀作品，無論是否理解、同意不同意，作家不一定知道，也很難干預，這種狀態像極了愛情：「我愛你，可是與你無關！」很帥氣而灑脫的立場！作家本人同時也是讀者，翻閱張愛玲、村上春樹、莎士比亞或托爾斯泰，我們的閱讀又是否需要求證作者的同意？又如何求證得到？我愛這些作者，可是跟他們無關（彷彿單戀），於是那些上山下鄉搜索作者生平、抽絲剝繭檢驗寫作動機的考據，套用夏宇詩常用的一個字詞：「厭煩」！前些時候一個學生還跟我苦苦抗辯，堅持要驗明一本散文集的創作原因、要考訂作者人生際遇的解說，我只好由他去吧，只是覺得可惜，這麼年輕的心臟和腦細胞，讀書的眼睛已經老態龍鍾了，他不敢自己去讀，是沒有自信？還是沒有內涵呢？

夏宇的話語還沒有結束，對於「評論」，她調皮地說：「批評本身是帶有先天悲劇性的。批評的悲劇性格是：它們必須客觀，可是真正的『客觀』永遠不可能，因此它們儘量；有時候它們假裝，有時候它們甚至不假裝。」這是用非常喜感的語調表達非常嚴肅的話題，創作者跟評論人常常有許多對立，是一些觀念跟另一些（可能無關）的觀念互相碰撞，撞得傷痕累累，而常人總喜歡說創作是主觀的、評論是客觀的，這個說法表面上意圖紓解兩者的緊張關係，為各自的立場劃出疆界，但其實也是任意而籠統的主張，何謂「客觀」？何謂「主觀」？無數的主觀能否變成客觀？（彷彿一人與眾數的不成比例！）能夠科學驗證嗎？（文學如何被解剖切割？）夏宇一針見血的指明「客觀」永遠不可能，而評論卻要去追逐這種不可能的事情，所以注定是悲劇。現實更悲劇的是學院教育叫我們相信客觀，做文學分析講究事實、真理和普遍意義，反對情緒喜惡的主導、打壓個性的主體表現，寫評論的時候，行文裡最好連「我」這個字詞都不要出現，要用「筆者」這種非常造作、矯情的第三身敘述，即使講求「創見」，也要包裝得貌似中立或冷靜的模樣，結果是歹徒甲跟歹徒乙的論述沒有分別，同一套觀點用不同的句式重複播放，直到解說虛脫、詮釋疲憊！

三、性別的括號

逆向的情景是評論人肆意用一套觀念任意解讀詩人的作品，同時定性和標籤，強調理據充分而且客觀，我覺得這才是夏宇提出「評論悲劇性」的由來，畢竟出道以來給裝嵌在她身上各種流派、風格、類型、潮流等名號，還真不算少，究竟是主觀的定位？還是客觀的說明？彷彿沒有屍體的懸案，只能各自表述！因此，接下來她被提問「會不會特別意識到自己是『女詩人』？」她回答「沒有」，說只有在自己詩作被收編女詩人的選集、或有人寫論文提到「做為一個女詩人，她是勇於突破⋯⋯」等等的時候，她才發現「原來我是『女詩人』」！一貫是夏宇式的反諷，事實上「女詩人」的確是世上最通俗和方便簡易的界定，彷彿鍵盤的自動裝置一樣，按下去便可以流出一連串的假定，一個複雜的個體就這樣簡化地放入一個括弧裡，夏宇甚至指出，這樣的預設沒有甚麼意思，同時也令相對的雄偉或陽剛也受到限制。這真是一種宿命，寫詩的女子一生不能逃避「女詩人」的稱號和劃分（一些寫詩的男人因為沒有「男詩人」這名號而嫉妒呢），彷彿「詩」本來不屬於女人，必須領取性別的通行證才能名正言順，獲得應許而不足為怪！

然而夏宇說：「其實我並不怎麼意識到自己是詩人，我只想做一個自由思考和生活的人。」她索性連「詩人」的名號也取消了，對她來說寫詩不是甚麼需要標奇立異的行為，也不是怎樣與眾不同的能力或技藝，不過是生活的一種方式而已——相對於那些汲汲於自我標榜的人，夏宇的說法很解構（對不起，我又給她標籤了）！當然，說起來可以很清高（我甚麼也不是），行動起來要很老實、低端卻不輕易呢，必須懂得連自己也調侃和自我化解，才能切開色相皮囊的幻覺，及其連帶被賦予的通用價值，我們不是否定自己的性別，而是反抗性別的粗劣框架和他人定見！

四、崩缺的邊界

我喜歡夏宇說：「我並不介意我必須騎女用自行車或故意喜歡穿男襯衫甚麼的，但身為女人，我發現我們沒有自己專用的髒話，這是非常令人不滿的——當然並不只因為這樣，所以我寫詩。」這世間很奇異，一些工具、衣服和髒話都是性別分工得過分嚴厲的，所以夏宇才想顛倒一下，這是一種穿越的姿態，在男與女的邊界上隨意蹓躂，可以很實用地依隨原有的性別、或很反叛地闖入他者的性別領域，隨喜、適性，就好了，為何不可？夏宇的詩〈頹廢末帝國II：給秋瑾〉寫道：「但我只不過是雌雄同體／在幽暗的沙龍裡／釋放著華美／高亢的男性」，外面的世界正在爭相革命，而她只想在自己文字的國度裡把玩換來換去的性別異變（或面相），如同衣裝！

回到開首提及的詩〈降靈會III〉，書頁上那些崩缺的字，並沒有因為讀完整本《腹語術》而變得圓滿齊全，我依然無法讀懂夏宇（或偏頭痛的來由），而這份讀不懂讓我逐漸明白她的一些甚麼。無論是字詞、人生或性別，本來就是殘缺不全的，而我寫、或我讀，架起了新的意義，然後繼續拆去支架、再重組版圖，這樣的going to be，永遠的進行式，才讓我真正的自由思考和生活啊！

29.3.2021

引用書目

・夏宇，《腹語術》（臺北：現代詩季刊社，一九九一）。

站著寫作

西西的小說講臺

小說家如何讀小說？寫小說的人一定讀許多小說，但不一定會寫書評，但當小說家寫出書評來又會是甚麼模樣呢？西西的《看小說》做了非常風格化的示範，她在書中漫談來自法國、德國、英國、美國、捷克、意大利、葡萄牙、阿根廷和西班牙等作品，論及的作家橫跨猶太、印度、牙買加、阿富汗或阿爾及利亞等後裔，形成龐雜的文化網狀結構。西西在「後記」指出，為了應付一份日報的讀書專欄，她找朋友按照曼布克獎、柑橘獎和金匠獎的入選書單來建立書目，於是接觸的都是最當代的小說面貌，五十幾篇結聚下來，彷彿微型的西方小說史，她不單點評作品的好壞，還闡釋小說產生的政治文化背景，顯露跨越哲學、美學、藝術、建築和社會學等豐富知識。此外，她在講述人家的小說之餘，也提出個人寫作的看法、對技藝的要求，甚至還包含性別意識與當世關懷，所以我將這本書當成「創作論」來看，學習寫小說，也學習以「小說」的形式寫書評！

一、說故事的書評

跟一般評論人的寫法不同，《看小說》不是嚴肅或客觀地「分析」那些琳瑯滿目的作品，而是以說故事的方式點評：有時候作者站在讀者的位置，但大部分時間都是轉入作者的視角，採用第三身的敘述，用自己的文字重講故事，有些篇章甚至開首便已經是情節發生的內容，例如〈聖德爾莫村的猴子〉的第一段這樣寫：「一輛卡車在狹窄不平的土路上顛簸著，車上載的是十隻裝滿猴子的籠子，每籠五隻，趕著送到機場運到國外。籠子裡分門別類……」又例如〈貓桌上的水手〉這一篇：「奧蘭賽號是一艘大郵輪，共有七層，可以容納六百名乘客，船上除船長船員，廚師也有九個，還有獸醫、游泳池、為犯人而設的小牢房。郵輪如今正離開錫蘭的可倫坡駛向英格蘭……」這些敘述採用現在進行式，活靈活現地向前推展發生的事情，讀者彷彿如臨其境的進入情節與人物的動態。別忘記西西不是在寫自己的小說，而是討論他人的作品啊！這種「複述」的形式讓評論充滿趣味，當然前提是作者必須是講故事的高手，才能達到這些效果，不是每一個人都有這種本領，我們也常常遇到將好故事講壞了的傢伙，也讀過不少枯燥無味的評論，但西西的《看小說》有點不同，它是小說家跟我們細訴各種故事的書評集。

看小說
西西
NOVEL

二、敘述二重奏

西西在講述他人故事的時候常常調皮地「彈出彈入」，突然跟讀者打個招呼，將第二身的「你」推入文本，例如〈尋找馬洛里〉，明明正在緊張刺激地追蹤一個尋人的偵探故事，突然筆鋒一轉將讀者拉扯進去，說：「成功的文學藝術，就是那種能夠打開你的視野和想像，你也參與創作，想到自己也有故事要說。而不是，把你的心神都關起來，麻痺了你的感官系統。」剎那間我們被邀請參與一趟思考，判斷這樣到底好不好呢？這彷彿帶有一點「後設」（meta-）的意味，在跟隨故事脈絡之餘，拉開或轉移閱讀的界面，不忘抽身出來冷卻思維。另一種寫法是故事裡有故事，在書寫他人作品的過程上，敘述的線路突然截斷，西西將自己插入文本之中，縷述自己某次在歐洲旅遊的境況，有哪些畫面跟討論對象的內容相近或呼應；於是，時空剎那轉換，評論變成遊記，猶如鏡頭的跳接，蒙太奇那樣從一本書跳入另一個人的行旅歷險，我們同時在看兩個故事，彷彿音樂的二重奏！

三、戒除文學的潔癖

小說是甚麼？怎樣寫小說？這樣嚴肅的命題，西西以幽默輕省的口吻自問自答。例如她說「小說和廣告，都是說謊的藝術」，因為現實往往荒謬透頂、不可理喻，生活在無序、真假不分的話語裡，如何可以相信敘述者的說話呢？又說「藝術之於現實，並不複製，而是創造」，因為「現實」不只一個，而作家又不能只有一種忠於現實的取向，我們需要小說，是需要它的藝術想像（同時對抗現實的假像）！論及科幻小說的時候，西西批評：「文學界有一種潔癖，好像一沾上偵探、科幻、推理等等的標識，就有損文學的光環……對我來說，小說只有好和壞兩種。」讀到這裡，禁不住手舞足蹈，愛看偵探、推理和武俠類型的我，曾被一位文壇前輩批判不長進和不自愛，閱讀行為媲美吃垃圾食物，於是臉書上解除了我的存在；後來這位前輩吃得老本太多，漸漸變成一塊過期腐乳（我要去寫屍變的故事嗎），這是後話！前些時候，一個男學生提交論文大綱，竟然交來兩個版本的選擇，我問他原因，他怯怯的說：「假如老師不批准做科幻小說研究，那麼我的論題便改為分析那本比較嚴肅的文學作品！」這是甚麼年代了？還有高雅與低俗、嚴肅與流行的分野嗎？真浪費了後現代大師打破疆界的努力啊！我回覆小男生說：「其實是你自己有心魔、有疆界，對文學有層級的觀念，才會有這樣的『兩手準備』！對我來說（西西腔），文學只有好與壞、論題只有好玩和不好玩兩種，只要是自己喜歡的作品，便應該有本事寫出一篇高質素的論文來。」就是這樣！

四、標點你的符號

《看小說》有一篇文章叫做〈標點，作家的符號〉，標題的斷句充滿童趣和象徵含義，一般人總覺得「標點」的運用只是功能性質，跟美學無關，西西認為這樣的想法大錯特錯。她借用《奇幻大師勒瑰恩教你寫小說》的論說，指出「標點符號，看似無關宏旨，其實不然，每個出色的作家，幾乎都有他特別的用法，在字句之間，那可以是他獨特的文法。標點，是他的符號。我們應該從細微處去發現一個作家。」現實的情況的確如此，許多人不重視標點的存在，認為它們只是間隔句子和段落的螺絲釘，老老實實釘在那裡就可以了，不必花費心思和時間處理，於是書寫的隨意應用（只有逗號和句號的單調選擇），編輯的任意修改（塗抹人家的標點來宣示自己的權力）！

一九九八年十一月，我將當時剛出版的個人小說集《末代童話》郵寄給西西，她回覆了一封手寫的短信，提及我的一個短篇故事時候說：「〈愛麗絲夢遊他媽城〉的對話都用『——』作引號；記得我以前用時，被人罵了一頓哩。說是從沒見過這樣的用法。《包法利夫人》就這樣用。」西西說的應該是中篇小說集《象是笨蛋》，裡面採用電影鏡頭的手法書寫故事情節，人物的對白以「破折號」為分行、分段的標示，很有劇本的況味。於是我回信告訴她讀過〈東城故事〉和〈象是笨蛋〉，明白她的苦心和設計，同時也跟她說其實我也被罵了，編輯要我將所有破折號改為一般慣常的引號（「」），據理力爭很久才得以保留。這是我第一次接觸西西，估不到從標點符號開始，一個破折號將我們串連起來呢！遺憾是作家被修理標點符號的境遇持續發生，除了破折號之外（編輯好像不懂有雙破折號的用法），我被塗抹得最多的是分號，全部變成句號或逗號，彷彿分號不曾或不能存在（還是他／她們不知道有這個符號）?!話說回來，標點符號也是文本構成的重要元素，不單影響字句的節奏，顯示語調的變化，同時鋪排版面的視覺效果，「標點」或「符號」的圖像性或多或少具備心理接收的效果，帶有加長、延宕、縮短、轉折、突變或情緒導向等意識，譬如說句子最後的究竟是句號、感歎號還是省略號（或沒有標點符號）？便很不相同，在詩、小說和戲劇的創作上不容忽視，也不能隨便刪改或增生！

五、寫小說和讀小說有甚麼用？

時代越壞，越有人問文學何用？一張桌子或一把椅子尚且知道用來幹甚麼，可是一個作家又有甚麼用呢？西西借用法國小說家米歇爾．圖尼埃（Michel Tournier）書寫監獄的〈站著寫作〉勾畫答案，指出我們的社會時刻受到壓迫和威脅，來自有形無形的力量，作家的天職就是憑藉他的寫作，引發大家對現存秩序的思考；又說：「作家應該站著寫作，絕不能跪下；生活本身就是一項工作，應該永遠站著完成它。」說得很斬釘截鐵，沒有半點含糊，因此很治癒，在權力面前坐下來、跪下去或倒下了的實在太多，站著需要挺拔的脊椎，便很不容易了，我們不是尋找衝鋒陷陣的剛勇，而是不自我萎縮，已是很了不起的姿勢。然而另一方面，規定作家必須關心時代，又是另一種極端的本末倒置，西西引用艾麗絲．默多克（Iris Murdoch，臺譯艾瑞斯．梅鐸）的話語，認為小說家無可避免會有自己的價值判斷，但小說不是道德傳單，又說：「藝術家不應為自己的作品是否觀照社會問題而操心，他最大的責任，是盡其所能，創作最好的作品。」西西的立場很清晰，也呼應了先前她說小說只有好壞之分的理念，不囿於意識形態或道德的框架，不在於寫了甚麼，而在於如何寫和寫得怎樣！延伸來看，亂世的波濤洶湧，文字如何跟時代相處？既要不被權力吞滅，又不被那些急切的命題捆綁？在時間極速變動的沙石裡，作家怎樣逆風而行？考驗了技藝與文化思維的長短闊窄！

最後西西問為何讀小說？書中最後一篇的最後一段這樣寫道：「以往聽故事、看戲劇，是為了學習生活的知識。如今看小說，如果還有甚麼得著，那就是我們突破時空的困限，打破各種既定的框框，原來生活是可以這樣的，也可以不是這樣的。它刺激我們的想像，比歷史具體、感性。」這是一種很流動、跨界和穿越的視野，也是一種從外而內、再推向外面的迴旋路線。事實上，有些人書讀得多了，反而建立越多的框架，將自己困鎖重重的鐵欄裡，自己出不去，又不接納他人闖進來，心靈和眼界慢慢沉積一堆化石，使前行寸步難移。能夠越讀越開揚的人畢竟不多，無論寫作還是閱讀走過一些歲月後，總會自我權威化，眼中自己的巍峨身影遮蓋了通往他處的分叉路，於是，西西在書中最後的叮嚀，彷彿一記敲醒昏睡的鐵槌，敲得我們在碎裂中重整自我！

我在這裡書寫西西的言說，也寫入了自己的故事，算是一種模仿還是致敬呢?!（我用了兩個標點符號。）

12.7.2021

引用書目——

・西西，《看小說》（臺北：洪範書店，二〇一九）。

從手書記事到電腦鍵盤

日記書寫

大部分人小時候都曾經嘗試寫日記，說是「嘗試」，因為總是虎頭蛇尾！那時候我們偶然買到或得到一本漂亮的日記簿，翻開雪白的紙頁立志要每天寫滿它，開首一兩天寫得起勁而興致勃勃，彷彿有說不完的私密事件，短則幾天、多則一兩個星期，漸漸發覺沒有甚麼可寫，然後推遲、然後厭倦，漸漸白頁便廢置了，給丟在遺忘的角落。隔了一些時候，我們又意外地得到另一本樣式不一樣、卻同樣美輪美奐的日記簿，於是又再啟發寫日記的動力，那種高漲的情緒直逼重新做人與洗心革面的鬥志，只是宿命繼續輪迴，沒多久又廢棄了。這樣周而復始，童年與少年時代我們總會儲存幾本寫了幾頁或一半的日記簿，丟掉太可惜，留著很無聊，而我曾經撕去寫過的字，將剩餘的白頁當作廢紙循環再用。

甚麼是「日記」？它可以是文學的類型嗎？它的變種是甚麼？如何讀他人或作家的日記？不喜歡寫日記的人為甚麼喜歡讀日記的著作？當「日記」變成一本書的時候，它還可以保留原有的私密特性嗎？法國學者菲利普・萊祖納（Philippe Lejeune，臺譯菲利普・勒熱訥）通過自身經驗的檢視、社會學的田野考察與問卷調查，再落入西方日記書寫的歷史探索，完成超過三百頁的《論日記》（*On*

Diary）一書，從源流、體制、範式到實踐、功能和美學等角度，建構日記的理論。

一、日記的定義與偏見

日記是甚麼？那是一個人拿起紙筆、或打開電腦，寫上日期，然後寫下此時此刻的所思所想，沒有規定的格式、內容和方法，完全自由的隨心隨意地直抒胸臆，留下記憶——萊祖納這樣定義。日記不是小說，講求即時性、不可預測的狀態、對時間無法控制、對將來不能預知，只寫在當下，講求真實，而且沒有意圖溝通的讀者；相反的，小說必須刻意建造意義、形構藝術表達和傾訴對象。真實（或誠實）的日記有五項特性：第一是間斷的（discontinuous），記錄跟著時日和生活走，無頭無尾也無始無終；第二是佈滿空隙（full of gaps），沒有精雕細磨的結構；第三是引喻的（allusive），以自己看懂的符號進行個人私密的書寫；第四是累贅而重複的（redundant & repetitive），以單式的記錄鋪陳事件的碎片；第五是非敘述性（non-narrative），沒有起承轉合的情節，寫到哪裡就在那裡。這是一種不受拘束的文體，「自由」是它的本質和體現精神。

Philippe Lejeune

On Diary

Edited by
Jeremy D. Popkin
& Julie Rak

可是，歷來評論人對「日記」抱有許多負面看法，認為它是單調的、重複的、沉悶的、自戀的、虛偽的和懦弱的，充滿是非、絮語、怨言或自我沉溺。二十世紀開始重視日記研究，也只在於它能給予心理學、道德倫理和人格學的價值貢獻；而在文學的領域上，日記被視為次等文類，由於它不含虛構成分（也不能），因而沒有藝術營造，所以不被納入繆斯的殿堂（變種的日記例外）。一般認為日記是作者的自畫像，擔當回憶錄的角色，讓書寫的人便於回溯自我、檢討得失，但日記的「自我」還是不完整而片面，甚至帶有變形成分！（誰人真的能夠了解自己或不粉飾自己？）萊祖納詰問日記作者如何重讀自己的日記？當中斷裂的書寫和留白的地方考驗了記憶和認知，然而，當私人日記變成公眾文本的時候，情況便翻天覆地的截然不同。

二、走入公眾與電腦網絡

「日記」的書寫開端，是沒有發表和印刷的打算，但一些名人或作家死後，日記被公開和出版成書，原有的私密性走入公共領域，原有的手稿也必須經過編輯、整理，過濾，甚至剪裁和刪改，便失去了日記的原始意義。當然，名人或作家生前也有刻意書寫日後或死後發表的日記，但在「日記」必須真實、誠實的前提下，這些「成書的作品」還是否可以稱為真正的日記呢？論者萊祖納非常存疑！又當然，我們知道有一些文類叫做「書信體小說」（epistolary novel）和「日記體小說」（diary novel），但那是假借書信或日記的體裁來構築故事、創造人物和虛構情節，屬於另一個「文學」範疇，跟原始的「日記」並不相干。

以前，或許只有名人或作家在生前死後才有榮譽或機會公開自己的日記，但在互聯網的世代，電腦書寫早已改變了日記的模式與形態了。《論日記》最後幾個章節討論電腦日記（cyberdiary）的問題，萊祖納通過雜誌的問卷調查，歸納這些現象：電腦書寫日記帶來快感，是新興保存紀錄的方法，而且可以緩慢書寫、隨時修改，網絡發放後會得到溝通和回應；此外，電腦日記還可以結合多媒體的應用程式，為文字配上照片、圖像、錄音、平面或3D設計，甚至短片、錄像和動畫。書寫媒介的不同帶來差異的效應和結果，不同於記事簿的手書原稿，電腦日記往往假設外在的特定閱讀對象，一旦發放便無法追回，虛擬的空間無遠弗屆，原本私密的內容永遠無法得知會被誰觀看、或如何被看；但另一方面，儘管電腦的畫面和鍵盤很方便，相對地容易展開和持續書寫的行動，但也必須配備階級、科技和經濟條件才能進行和實踐，所以電腦日記在不同地區會有年齡與性別的不平均分佈。

三、生活的嘔吐

活了一些時代，我也從手書的日記簿走入電腦的鍵盤，但依然沒能維持寫日記的習慣和偏好，或許，問題不在於書寫的器具與環境，而在於性情，害怕慣常（routine）的我無法遵從一種日出而作、日入而息的書寫規範，而且也抗拒日記那種赤裸裸的自我解剖，寫下那一刻已經後悔莫及，銷毀比延續或保存來得迅速。當然，眼前 e- 世代與自媒體（self-media）的進展，由 Blog 到 Facebook、Instagram、Twitter，甚至 Youtube 和 Podcast 等平臺，都可以成為新興的載體，讓我們書寫自己、記錄瑣碎的日常、留存斷裂的記憶，像今天跟誰吃了一頓飯、說了甚麼話、又遇見了誰？或今日到過甚麼地方、看了哪些電影和書、遭遇怎樣開心或憤怒的事情諸如此類……我沒有萊祖納那麼樂觀，浩瀚的科技世界與虛擬景觀，這些電子化的日記式書寫其實更加脆弱、更容易流失，隨意的寫、隨意的瀏覽，資訊爆炸的煙火裡，比丟掉實體的日記簿更無從抓住生命記憶的痕跡。更重要的是日記原本寫給自己看，無關世俗人情與家國大事，為甚麼要給公眾閱覽呢？假如關乎名人或作家的生平軼事，或許還會激發偷窺的心理，如果只是像你我他這樣的鄰人或庸人，讀來幹甚麼？日記原是生活的嘔吐，被媒體世界放大後，寫的人在整理腸胃，看的人在消化他人的廚餘，浮沉網海中，你我不能倖免！

2.9.2021

引用書目——

- Philippe Lejeune, *On Diary*, Katherine Durnin trans. (Honolulu: University of Hawai'i Press, 2009).

解放記憶

從班雅明思考抒情詩的當世景觀

翻開現代主義時期的文獻，常常看到藝術家和哲學大師為「文學無用論」辯護，像馬丁．海德格（Martin Heidegger）的〈詩意地棲居〉（...Poetically Man Dwells...），還有懷特．班雅明（Walter Benjamin）的〈論波特萊爾的幾個主題〉（On Some Motifs in Baudelaire）。面對資本主義的市場機制、經濟效益和社會功能等要求，「文學」被斷定為沒有作用和浪費時間的東西，而在各種文類之中，「詩」尤其受到激烈的否定和攻擊。他們都說資本主義講求速度，但文學需要慢讀，而社會要向前衝線同時謀求進展，但文學書寫過去和現在，於是彼此產生格格不入的矛盾。歷史的步伐走得比蝸牛緩慢，來到二十一世紀的香港，情況也沒有改變，即使願意借用文學粉飾太平，「詩」還是隱形的文類。這一年香港書展標舉「城市書寫」的專題，展示二十五本優秀作品，當中有長短篇小說、散文、雜文和流行文學，甚至包括文學評論、城市空間研究和歷史地貌的生活記述，偏偏沒有詩集！這是非常詭異的現象，香港一直不缺乏書寫城市的詩人，從一九五〇年代數算，莫說已成典範的馬朗、崑南、梁秉鈞、飲江和鄧阿藍，還有風格很強烈的淮遠、關夢南、鍾國強、游靜和陳滅，以至一群洶湧的中生代和年輕世代，人口和名字總在數十以上。「詩人」被缺席，到底出於無知還是無視？是主辨者不懂詩（或香港的詩）？還是覺得詩很不重要、或很危險，或真的無用?!

一、詩的命名與抒情詩的沒落

如何說詩？首先是詩的命名，我不說「新詩」或「詩歌」，前者很明顯是一個歷史名詞，泛指一九一九年「五四運動」之後的文學革命，要革掉「古詩」的窠臼，所以命名為「新」；後者容易指涉一九四〇年代的革命浪漫主義詩歌運動，「詩」與「歌」合流，以說唱形式推動革命[1]。至於「現代詩」，來自現代主義（modernism）的思潮，無論香港還是臺灣都從一九五〇年代開展，當然去到後

1. 奚密的〈「在我們貧瘠的餐桌上」：1950 年代的《現代詩》季刊〉寫道：「《現代詩》所反對的除了古典詩和新格律詩外，還有詩、歌不分的反共文學……到今天為止，中國大陸仍然稱現代詩為『詩歌』，『詩』和『歌』沒有清楚的界線，這點又構成臺灣和大陸文學史的另一個重要差異，不能不溯源於《現代詩》的巨大影響。」基本上我同意奚密的看法，為了識別於不同的意識形態，我也不稱「詩歌」；另一方面，作為流行音樂的研究者，很清楚「詩」不是「歌」、「歌」也不是「詩」，更加堅定這個立場的取向。

On Some Motifs in Baudelaire

I

Baudelaire envisaged readers to whom the reading of lyric poetry would present difficulties. The introductory poem of *Les Fleurs du mal* is addressed to these readers. Willpower and the ability to concentrate are not their strong points. What they prefer is sensual pleasure; they are familiar with the "spleen" which kills interest and receptiveness. It is strange to come across a lyric poet who addresses himself to such readers—the least rewarding type of audience. There is of course a ready explanation for this. Baudelaire wanted to be understood; he dedicates his book to those who are like him. The poem addressed to the reader ends with the salutation: "Hypocrite lecteur,—mon semblable,—mon frère!"[1] It might be more fruitful to put it another way and say: Baudelaire wrote a book which from the very beginning had little prospect of becoming an immediate popular success. The kind of reader he envisaged is described in the introductory poem, and this turned out to have been a far-sighted judgment. He would eventually find the reader his work was intended for. This situation—the fact, in other words, that the conditions for the reception of lyric poetry have become increasingly unfavorable—is borne out by three particular factors, among others. First of all, the lyric poet has ceased to represent the poet per se. He is no longer a "minstrel," as Lamartine still was; he has become the representative of a genre.[2] (Verlaine is a concrete example of this specialization; Rimbaud must already be regarded as an esoteric figure, a poet who, ex officio, kept a distance between his public and his work.)[3] Second, there has been no success on a mass scale in lyric poetry since Baudelaire. (The

來也出現了後現代文化脈絡下的後現代詩。那麼現在我們如何說詩？大抵我會採用「當代詩」的稱號，源自當代藝術界分於後現代主義思潮之後的發展狀況（當然，「當代」〔comtemporary〕之後還有「後當代」〔post-contemporary〕的說法，但沒有形成很普及的應用便暫且擱置）。基於這些前提，我不會說香港新詩或香港詩歌，但會說香港現代詩或當代詩，這是個人的認知和固執！

對當代詩的偏見有很多種，其中一種是「抒情詩」（lyric poetry），以為很容易閱讀和書寫，是情緒的宣洩、詩人真我的呈現、傾向感性和陰柔的風格，但現當代的抒情詩早已不是這個模樣了！一九三九年，德國的班雅明在討論法國詩人波特萊爾的時候，指出抒情詩很難懂，而且在資本主義的社會裡逐漸沒落，歸納有三個因素：第一是抒情詩中的「我」早已不是寫詩的那個人，而是一個經營公眾與作品之間關係的寫作面譜，抒情詩變成一個文類（genre）；第二是文學市場的萎縮，波特萊爾之後的詩人已經無法獲得大量銷路的成功；第三是公眾對抒情詩的冷漠持續延伸後代——匯合這三個因素，班雅明歸結一個核心議題：人類經驗結構的改變（a change in the structure of their experience）。

二、記憶、書寫與創傷的連結

我們如何寫詩？寫作源於經驗，經驗來自記憶的儲存，然則甚麼是記憶？班雅明引用普魯斯特有關「自主記憶」（voluntary memory）的概念，指出「記憶」不是依靠智力便可隨時獲得，它依存於物質之上、或從我們四周的物件帶動感官而來，像一塊草地、一片蛋糕、或看見的色光、觸及的氣味，都可以引動意識走入過去，那是一種因緣際會的相遇，身體直接的感應，不是任何人想記起便能記起。可是，現代媒介興盛，資訊代替親身的體會，我們閱覽報紙，知道這樣或那樣的事情發生，卻不必親臨其境或搞清楚來龍去脈；班雅明甚至說媒體語言癱瘓了讀者的想像力，從經驗孤立而來的資訊，讓我們不再親歷事件，而是被告知發生了甚麼，於是人類體驗生命的能力便逐漸衰退。

除了「自主記憶」外，班雅明也引述弗洛依德的理論，闡釋記憶與意識之間相互的因果關係。「意識」（consciousness）來自記憶的痕跡，但當記憶成為意識之後便會失效，意識與記憶留痕不能在同一個系統中共融並存；實際上，記憶的碎片會比意識中隱去的事物具有更強大而持久的力量，這接近普魯斯特言及的「不自主記憶」（involuntary memory）：不在意識的表層，而是深層的潛藏。弗洛依德由此推論，認為這些作為記憶基礎的永久痕跡，會產生對抗外來刺激的保護作用，而對人類來說，防護比接受機制啟動更多能量的儲存和換置，用以對抗破壞與威脅的潛能，其中一項就是「震驚」（shock）。當我們的意識越能夠記錄這些驚恐，保護機制越能發揮防衛的功能，便越能免於創傷的後遺症，而記錄的途徑有兩個：夢和寫作。班雅明以法國詩人梵樂希（Paul Valéry）為例，闡述他如何在詩創作的過程上，通過回憶記認來化解生命的衝擊，因為當一個人能夠接受驚慄，便能夠訓練出應付刺激的能耐，這種訓練能夠敲醒腦皮層的意識，進一步建立接收刺激的條件，減輕和緩衝震盪的效應，假如這種狀況能夠落入意識的記憶，便會滋養詩學的經驗。最後班雅明提問，抒情詩如何以這種震驚體驗作為書寫的基礎？假如能將這些意識納入作品的構成之中，最終便達到經驗的解放（the emancipation of experience）。

三、香港當世景觀的對照與反思

班雅明的詩學很能對照和反思香港的當世景觀。第一，詩從來不是香港的主流，在大的文化版圖上如是，在小的文學區域上也如是，官方機構的活動常常讓詩缺席，獲獎的詩人也不會受到很大的關注，相對於流行文化、或其他文類如小說和散文，當代詩長久以來都被命定為晦澀難懂，抒情詩更是無病呻吟。在大學開辦香港詩的課程，選修的人數往往不及其他文類，學生說不知道如何應付考試，小說和戲劇尚可記誦情節和人物，但對詩真的無從入手！這個問題癥結在於研讀當代詩的方法，「詩」跟美學和哲學很接近，而香港的教育卻從頭到尾都不給學生這兩個範疇的訓練，歐洲國家早已列入中小學的課程，而我們的文學教育仍停留在作者生平、內容大要、風格特色和歷史地位等非常僵固而狹窄的模式之中，可不可以跟學生討論美感的移情、詩化的心象、甚至語言的詭辯呢？學的人卻步、教的人也退避！

第二，在亂世，我們如何寫抗爭的抒情詩？班雅明說抒情詩的沒落源於人類生命經驗的轉移，我們不再親身經歷所有事情，而是經由媒介轉述資訊，在訊息瞬息萬變之間我們失落了個人身體與感官的直接領悟，那些驚恐、狂喜、焦慮、憤怒或歡愉的情緒，無法直擊和直面，勉強寫出來也很容易變成虛假的東西。基本上班雅明沒有說錯，但當代的問題似乎更為複雜。首先是如何書寫沒有直接經驗的事情？例如不在抗爭現場、事發地點和戰區，詩人從甚麼位置出發處理書寫的內容？逆向反問，是否真的不能書寫「間接」的經驗？假如真的這樣，大部分人都不在戰壕裡，我們如何書寫（或閱讀）反戰的詩？其次，在一九四〇年代的班雅明，儘管媒體發展已經無遠弗屆，但無法跟目前二十一世紀相提並論，當世人在生活的認知上，已經差不多無法脫離網絡媒介的纏繞，反對媒體不但不合時宜，而且故步自封；是的，我們的「經驗」非常洶湧滂湃和鋪天蓋地，如何處理直接和間接的生命體驗，怎樣抗衡網絡對語言的磨蝕和污染，或許才是當代詩人必須面對的考驗與難題。我不反對不在現場的書寫，但反對偽善和造假，譬如說，不在現場卻在詩中寫成是現場經驗，或不是當事人卻為受害者代言來賺取光環，這已經不是能不能寫的題材選擇，而是涉及寫作倫理的議題了。前些時候有詩人在網絡詢問，當讀者不在現場，如何辨認一首詩是否寫得真誠可靠？他的答案很悲觀，認為要還原寫作動機是幾近不可能的；其實他的詢問關乎「真實／確實」（authenticity）的命題，或許我們無法開棺鑒定作者的寫作意圖，但一首詩表達了怎樣的態度和立場還是應該可以看得出來的，「真誠」的相反詞是「虛偽」和「造作」，文字總會顯露蛛絲馬跡，假如能夠掩飾得天衣無縫，只能慨嘆那真的是一種詩藝的極致了！

第三，我很喜歡班雅明借用普魯斯特和弗洛依德的理念，闡述關於「記憶」、「書寫」和「創傷」的關連。我們的記憶有時候真的是不由自主的，能夠記起甚麼？甚麼時候記起？要看時機和際遇，但能夠自主的記憶，我們要如何保留？弗洛依德說記憶的碎片比外在發生的事件更具備持久的韌性，而對抗震驚和刺激的方法就是記錄，無論訴諸夢境還是寫作；而班雅明歸結現代抒情詩就是以震驚作為書寫經驗，通過親身經歷世界的痛楚，直面人類生活的困境，通過寫作和閱讀啟動保護機制和治療意識，一起解放自我。這是到了今時今日，詩還是不能被取替的原因，縱使它常常被視而不見，但時代越壞，它的韌力越強，是綁住人類命運的一根神經線！

結語

有時候總在想，在網絡海洋泛滿五光十色的聲影電幻裡，仍然讀詩或寫詩的不免是一股魔幻而浪漫的逆流，如果說文學無用，那麼詩更是無用中最無用的，被種種現成的偏見包圍，讀詩和寫詩的變成了異類，試試跟朋友說自己買了和在看一本詩集，很難不迎來不可思議的目光。然而，在香港寫詩的人數量龐大，不以出版詩集或發表詩創作計算，喜歡隨興在開心或不開心的時候，寫寫短小的分行句子、或把玩象徵與比喻，從學生、年輕人到普羅大眾也為數不少。他們不一定也不必以詩作為終生志業，但詩曾經是他／她們成長背景的一扇窗，可以張望自己和他人。此外，在社會板蕩不安的時節，詩的生產數量遠遠超出其他文類，面對許多突發的社會事件或不公義的際遇，詩是最快表述的缺口，相對於需要處理結構的小說和斟酌辯析邏輯的論述，詩是一個方便的容器，容納情緒的噴發或情感的轉移，免除鬱結於內的壓傷，發揮鎮痛的效果，當然水平也隨之參差不定，如何讓歷史淘洗，留下優秀的作品，便是評論人的功夫了。

世道險，人性惡，在城市封閉的環境裡，我們活於充滿爭議和抗議的時勢，但願當代的抒情詩能夠讓我們解放記憶、對抗焦慮、療癒創傷，還原自我一個自由往返的生活地景。

16.7.2022

引用書目——

- Walter Benjamin, "On Some Motifs in Baudelaire." Hannah Arendt ed. Illuminations, Harry Zohn trans. (New York: Schocken Books, 1969). pp155-200.
- 奚密，〈「在我們貧瘠的餐桌上」：1950 年代的《現代詩》季刊〉，《臺灣現代詩論》（香港：天地圖書有限公司，二〇〇九），頁四十二—七十五。

在亂世，我們棲居於詩

海德格的詩學

「詩意地棲居」曾經是地產商和家具公司用以招徠的廣告口號，指向那些視覺畫面極盡宏偉和優雅的樓房、或奢侈而精緻的消費品，德國哲學大師海德格（Martin Heidegger）泉下有知，相信也會死不瞑目，或索性從棺木坐起來抗議！〈詩意地棲居〉（...Poetically Man Dwells...）原是海德格引用詩人賀德林（Hölderlin）的詩句寫成的哲學論述，跟另一篇〈築・居・思〉（Building Dwelling Thinking）合成聯繫的姊妹篇，寫於一九五一年，針對第二次世界大戰後德國社會摧毀和房屋短缺的困境，同時在科技進展和功利主義氾濫下，文學（尤其是詩）被貶值的問題。七十年後在香港和臺灣兩岸，這漂亮的詩句卻變成地產和商品推銷的噱頭，充滿讓人哭笑不得的諷刺。海德格的論述關於人的生存和詩的創造，要在破爛的世界裡艱難地安身立命，字裡行間藏著深邃的悲情，而不是廉價的裝飾！在這時節、這地方重展他的文獻，抹去被粉飾的偽裝，或許，也是面對破碎生命的一個對抗姿勢！

一、詩以意象量度

「詩意地棲居」是一個關乎詩學和美學的概念，針對「文學無用論」而來。海德格指出二次大戰後德國積極發展科技和重建社會，「文學」必須具有功能價值才有存在需要，並且推行「文學工業」（literary industry），著重教育作用和科學目的。針對這些境況，海德格提倡的「詩意地棲居」，不是實際的佔據一個居所，而是以「詩」的藝術讓人寄身。詩以語言構成，人類一直以為自己是語言的塑造者和掌控者，但實際上是語言主宰人類，我們用語言表述和溝通，口頭說話轉化成記錄文字，我們聆聽語言的召喚，也為他人的存在發聲；一個越詩意的人，越能自由而開放地面對無法預料的事情，也越能純粹而精細地傾聽外在和內在的聲音。詩不是脫離現實的幻想，而是棲息於大地，也讓人歸屬；此外，「詩」與「思」相連，帶領學習人與物的差異和共存，是一種量度（measure），向上仰天、向下俯地，整合人存在其間的形相、在死亡前的寄存。跟社會一般的數字度量衡不同，詩以「意象」（image）量度，意象是讓事物顯現的命名，藉以言說和揭露，通過想像令黑暗發亮、靜默發聲、陌生的變得熟悉，書寫無以名狀。基於

...POETICALLY MAN DWELLS...

這些命題，「詩意地棲居」的意思是：詩意地，人停駐地上，以詩作為棲息之處；逆向來說，也有「不詩意地棲居」（dwelling unpoetically），那是盲了心目、充滿功利計算的生存策略，而這種反面的不詩意時刻讓人警惕，同時追求詩意，那是一顆「仁慈」的心，對人充滿熱愛和尊重。海德格又說，人生在世本來有許多不詩意，而人的生命本來就是一場寄居，所以我們必須學習詩意來度過歲月。然則，甚麼是「棲居」？將海德格的哲學與詩學推入當世和香港的處境，能夠照見怎樣的景觀？一切返回〈築．居．思〉說起……

二、「四維」與空間的二重結構

〈築．居．思〉一文，顧名思義就是圍繞「建築、棲居、思想」三項概念及其關係而來。首先，海德格說不是所有建築物都是棲居之處，有些樓房不提供居所，有些非住宅用途的空間卻讓人停駐；所謂「棲居之處」（shelter）必須是庇護的地方，含有收容、可供避難和養育的功能。這個道理很容易理解，例如發生災難如地震或海嘯的時候，政府或民間團體都會開放許多非居住的地方給民眾避難和暫棲；然而這道理也讓我想到香港在風風火火的社會運動期間，發生因政見不同，父母將孩子趕出家門，年輕人睡在公園或天橋底下的境況，另一方面又有志願機構開放教堂和活動中心等這些原本不是居留的場所，來收容無家可歸者，形成一道非常逆轉的時代風景。此外，棲居的意義在於能夠庇護和滋養，其實這是「家」的觀念，當然，有狹義的家，像由父母子女組成的原生家庭，但也有廣義的家，像一個「城市」的供養，那是「以城為家」的結構！從這些界面考慮，海德格反復論辯建築如何可以或不可以棲居，變成一個很超越也很複雜的命題，誰人應許或不應許某些地方可否棲息？在香港，「空間」就是金錢，棲居很昂貴，而在政治板蕩時期，無論逃命還是流亡，率先失去的便是家和城市的根據地！然而，作為哲學論述，海德格的棲居指向人的存在！

「四維」（Fourfold）是海德格的學說核心，是指「earth、sky、divinities、mortals」，合稱「天地神人」：「地」是大地或水土的農業種植和畜牧，「天」是日月星辰和季節的交替，「神」是聖靈三體的傳遞者，「人」是必死的人類物種。在這四維的覆蓋中，人作為「必死者」（mortals）棲居於天地宇宙與萬物之間，堅守陣地、佔據空間、劃出區域，一方面滋養土地、守護家園，一方面與萬物共生，藉以完成生命的存在。從四方土地到特定的建築物，人的棲居具有兩重結構，第一是生於世上、寄身地球的集體狀態，第二是地方和居所的個體日常經驗，前提是能夠獲得基本的保護和保障，免於侵害，可以和平、安寧、自由的活存。

三、從棲居到無家

世上本無物，因為有物，便有了空間，「物」（thing）不是第五維，而是架起四維的連結，指向物質、物件的存在，在棲居的意念中，就是建築物（building）。一座建築物必定立於某個地點（site），同時具有位置（location），位置帶來地方（room），然後劃出邊界（boundary），形成空間（space），人類才能進駐和居住，建立定居點（settlement）——這個過程就是通過「建築物」的形態，以長闊高開展間隔、延伸、規限和方向的維度，並與周邊建立距離或聯繫的鄰接關係，而作為必死者的人寄身其間，便是我們的存在。我們在空間移動，從這一點去到那一點，既有遠和近、也有上和下的動線，成為居所的一部分。「四維」的天地神人裝置了物（例如建築物），而物（例如房子）裝置了人，形成二重的空間營造（double space-making）：當大自然容許物的進駐，而物容許人的進駐，我們才可建造（to build），從而思考（thinking），這是從「有所居」到「有所思」的進程，也是我們來這一趟經歷「必死」的意義。

海德格論析的是人生於天地之間，擁有被保護和養育的基本生存條件，但世界不似預期，在哲學大師的年代，戰後城鎮搗毀、滿目瘡痍，但真正的弊端不只是房屋短缺，而是人們沒有尋找棲居的本質、沒有學習如何棲居，甚至沒有意識自己的「無家」（homelessness），以為原本應該流離失所，而看不到問題之所在；海德格說：只有當人可以考慮自己的「無家」，才能夠免於悲苦（Yet as soon as man gives thought to his homelessness, it is a misery no longer）！〈築．居．思〉的結尾非常沉重，跟「棲居」相反的情態是「無家」，無家的理由有千百萬個，是主動放棄家園？還是被動地流放他鄉？細至小小的安樂窩，大至家與國的夢，在當世的二〇二二年，遠至烏克蘭的戰火，近至臺灣海峽的軍事危機，都在毀傷或危及家與城市；而在香港小小的地方，是鋪天蓋地的移民潮裡離散已成常態，或家的日常糾紛與暴力，或露宿者被燒毀家當，導致以城為家的建立和破滅，日復日攪動許多走與不走的猶豫和決定，離開的能否在異地找到棲身的寄託？留守的又如何建立安身立命的居所？

四、香港詩人以我城為家

在亂世，我們棲居於詩——這是我結合海德格的論述之後，對香港的浮想：文字作為建築材料，築起詩的樓房，讓靈魂漂泊的詩人寄身，滋養了生命體，也保護了受傷的情緒，這就是「Poetic creation, which lets us dwell, is a kind of building」的意思了！香港作家強調以「我城」為家，西西在一九七〇年代書寫香港是一個只有城籍而沒有國籍的地方，一九九〇年代黃碧雲寫出〈失城〉，繼而再有潘國靈的《傷城記》，「城市」彷彿是香港存在的界定、命名和流變的命運。游靜寫於「九七」前後的〈新年願望〉，開首說：「終於／回到家」，揭示了「離家」與「回家」的一體兩面——從香港開埠成為貿易城市之後，人的出出入入、來了又去、走了再回來早已是歷史常態，縱使因由不同。回家的相反是離家，離去了還可以回來嗎？這關乎一個「離家出走」的狀態，每一次離去都充滿掙扎，回來或留下也如此，而這一來一回正是城市命運的驅動。游靜的語言很論辯性，詩的結尾說：「香港成為一個在一幅／叫做家的版圖上 其中一種／心的抽搐」，又說「不須等九七／家也陷落（所謂陷家劏）」，記錄了在主權易轉的時期，離去與留守的焦慮，走了的，還可以怎樣找回家的路？留下的，又如何面對一些生活價值的崩壞？城市的政治變幻令人無法棲居！

盧芷欣的〈遮陽與陰影——在金鐘的帳篷〉和陳曦的〈黃詩帶——黑夜〉寫於「雨傘運動」期間，充分表現了「以城為家」、「以詩棲居」的書寫形貌。在「後九七」抗爭運動的浪潮裡，「守護香港」成為「守護一個家」的換喻，盧芷欣記錄在金鐘佔領區搭起帳篷、露宿街頭的行動，將街道空間變成家居的地方：「我的帳篷傘歧義於／阿媽架在桌上的防蚊罩」，由戶外帳篷引申到母親為她留飯用的防蚊罩，開展下面詩行兩個主題，一個是家庭與城市，一個是母親與女兒的兩代人，空間是由家門走到街上去，時間是由上一代走到下一代，所以才有這樣的詩句：「我在金鐘 也許／旺角 或者／銅鑼灣有時／媽，這是不是／八四前你對香江的迷茫／九七來臨的恐慌？」母親那一代從一九八四年中英草簽走到一九九七年主權易轉，而女兒這一代卻從「後九七」走到二〇一四年的雨傘運動，同在一個屋簷下，輾轉一個城市的歷史變化。至於〈黃詩帶——黑夜〉，陳曦直接書寫睡在街上的日常作息：「兜轉之間我們在街道躺下了／地鐵上蓋盡是熱血風景／而地板偌大／硬硬的涼快／原來天地契合之時／街燈也被熄滅了」，用抒情的語調配合眼前現實的物象，將街道風景寫成家居佈置，在地鐵和街燈以外，接著下面還有廣告招牌、樓房漏出了歌聲等等，帶點浪漫的翩翩聯想，寄寓詩人追求革命的理想，雖然後面的詩句有點散漫和失焦，但依然能夠繫住城市與家的血脈相連，為了抗爭而離家（小我的家），睡在街上卻還是為了建立更安穩的家（大我的家），兩個層次漸進，也體現了海德格強調人在「四維」、即天地之間棲居的意思！

游靜的〈新年願望〉書寫離家和回家、及其兩難，盧芷欣的〈遮陽與陰影〉和陳曦的〈黃詩帶〉則寫出離家與尋家、到構築臨時的家，合起來映現了香港從過渡前到過渡後的「無家」。海德格說，我們必須意識當下棲居的危機和困境，思考無家的狀態，才能免於悲苦，尋找安放自己的所在。這些年我城的風雷雨電彼此撞擊，有人徹夜難眠，有人依舊安枕無憂，有人活於憂患，有人戲耍於安樂……借用海德格的論說，以城為家的人，假如恆久沒有察覺四面隱伏的危機、棲居的困頓，終有一天我們會失去我城，變得無家可歸！

30.8.2022

引用書目——

- Martin Heidegger, "… Poetically Man Dwell…," in *Poetry, Language, Thought*, Albert Hofstadter trans. (New York: Harper & RowPublishers, 1971), pp. 211-29.
- Martin Heidegger, "Building Dwelling Thinking," in *Poetry, Language, Thought*, pp. 143-61.
- 游靜，〈新年願望〉，《不可能的家》（香港：青文書屋，二〇〇〇），頁二六—三〇。
- 盧芷欣，〈遮陽與陰影——在金鐘的帳篷〉，收入聲韻詩刊編輯，《黃詩帶》（香港：聲韻詩刊出版，二〇一五），頁四二—四三。
- 陳曦，〈黃詩帶——黑夜〉，收入聲韻詩刊編輯，《黃詩帶》，頁四九—五一。

寫作直到世界終結

貝列西寫在動盪時期的詩

「繼續寫作直到世界終結！」這是阿根廷國寶級詩人迪亞娜・貝列西（Diana Bellessi）跟我說的話。二〇二三年十一月貝列西應邀出席「香港國際詩歌之夜」，我跟鄭政恆和萍凡人一起在中環大館跟她對談，一起讀她的詩，現場還有藝術表演。時隔半年，我仍在讀她的詩，時間、人事與地域的距離構成美感與省思，在字裡行間看著詩人走過政治動盪年代的身影，一直在想「阿根廷」與「香港」有沒有命運相連的地方（看得王家衛的《春光乍洩》太多）！隔著煙塵的日子，一些朦朧的視野悠然清晰了，在個人傷感與時代錯置之間逝者如斯，唯有文字可以抓住，抓住甚麼呢？大概是一個寫詩的女子在地球另一端的生命經歷，透過語言（及翻譯）傳遞給這個不相關的我。假如倒轉了地球、或倒流了時間，我們可否從頭相遇？在「詩」的花園裡！這大概是事隔八個月後我仍然念茲在茲寫下這篇詩論的因由吧！

一、擺盪於暈眩與回歸的兩極

一九四六年出生於阿根廷的貝列西是意大利移民後代，小時候幻想去非洲歷險，長大後喜愛到處旅行，曾橫跨南北美洲。留居紐約的時候，一邊在工廠打工，一邊自習英語，同時靠一本字典閱讀和翻譯美國女詩人作品。一九七五年回歸阿根廷之後，經歷軍政獨裁的極權統治（The Dirty War），一九八四年應邀前往布宜諾斯艾利斯監獄為囚犯開辦寫作坊，同時開始出版個人詩集和翻譯；除了寫詩，作為女同性戀者的貝列西，也積極參與社會和性別平權運動[1]。過去五十年她出版數以十本個人詩集，但英譯本不多，只有薄薄一冊的 *To Love a Women*，以及跟美國詩人娥蘇拉・勒瑰恩（Ursula K. Le Guin）合著的 *The Twins, The Dream* 雙語詩文集，中國大陸為了「國際詩歌節」的活動，出版了她的中譯詩集《離岸的花園》，算是補上一塊缺口！除了翻閱她的詩，我也在網上看了二〇一七年拍攝、關於她的文學紀錄片《秘密花園》（*The Secret Garden*），在非常流麗、詩意的鏡頭下，細聽貝列西以西班牙語讀詩（配上英語字幕），發現她的聲

1. 有關貝列西的生平，可以參考 Maria Difrancesco 的文獻。

WORLD POET SERIES
POETRY TRANSLATION CENTRE
WINNER ENGLISH PEN AWARD
DIANA BELLESSI
To Love a Woman
Amar a una mujer
TRANSLATED BY LEO BOIX
The Twins, The Dream
by Ursula K. Le Guin and Diana Bellessi
离岸的花园
A la orilla
del jardín

音非常獨特，既溫婉又堅定，有一種連綿的起伏，猶如她的詩中常常織就的二重矛盾修辭格，而經歷極權政治的她，曾目睹有人死去、有人消失，她的柔韌明證了勇氣和希望！我從文字轉入影像，再走到詩歌節的現實接觸，尋找能夠給予我城寫詩和讀詩的人那些奇異的光芒！

《秘密花園》記載了貝列西的生命故事與寫作觀，寫作、旅行、政治和愛是生命裡最重要的激情。她以溫柔的旁白直接跟讀者言說，說當你不愛這個世界的時候，它會變得扁平單一，當你開始書寫，它便會擁有多元的面向，故事中藏著故事，生命才會豐盛起來，但當中不會只有快樂，同時也包含讓人看到世界美麗的哀傷，而這哀傷猶如鋒利的刀刃，給你一個深淵，然後書寫。她又說寫作讓她獲得拯救和免於迷失，免於被擊落成四散流轉的碎片而無所依附；寫作令她不斷擺盪於暈眩與回歸（vertigo and return）的兩極中，不停被推向遠方、再被帶領回來。我們也處身時代的暈眩中，現實在急速變化地旋轉，在來不及認知新的形勢下總又立即被拋擲到不斷擴張的裂縫裡，在生命的碎片中迷失。貝列西說能夠穩住這種暈眩與擺盪的狀態，可以是自己的親人如丈夫、妻子和孩子，也可以是寫作的動力，那是一種推拉的力度，推出去可以歷險和體驗，拉回來可以細說故事，然後構成寫作的痕跡——這是時代越混亂越需要文學的因由，尤其是糾纏在外力的漩渦中，寫作可以立成一支標杆，測量自我跟世界的關係！

二、以詩記錄家族的離散歷史

在暈眩與回歸的擺動中，貝列西的詩刻鑄了四個維度：家族歷史、靜默書寫、女性力量和時間意識。家族歷史從血緣的故事牽引政治的經歷，她在《秘密花園》中說：當一個人懂得發問，其他人便會知道他擁有歷史！小時候她用發問的方式，從父親的敘述裡獲知家族歷史的碎片，然後她以詩記錄自己的家庭，彷彿歷史的鬼魂或幽靈，那是一個命名和講述故事的過程，否則一切都會化作塵土；儘管她能夠抓捉的只是非常微小的部分，但微小依然有光，能夠像星星那樣長久地照耀天空，直到宇宙消亡的那天。很喜歡貝列西這個「微小但有光」的借喻，一個人的一個家庭，在歷史的長河裡或許微不足道，但那些真實而血肉的經驗卻是築起長河堤岸的材料，同時印證歷史的另類面貌，即所謂「小歷史」與「小敘述」，「小」只在於渺小的個體相對於龐大的集體，但格局可以很宏大，像貝列西的長詩〈碎片之後〉（After the Fragment）。

〈碎片之後〉是一首獻給父母、祖父母和先祖的長篇敘事詩，通過家族長輩說的故事，夾雜許多地域的名字、動物與植物的描繪，織就他們流徙的生活和歷史，沒有偉大的家世或顯赫的功勳，只有源於意大利小村莊的一把故事（just a handful of stories），隨祖父母的死亡與記憶消失。由於〈碎片之後〉沒有直接從西班牙文而來的中譯本，這裡也無法通過英譯再進行二次翻譯，只好「轉譯」一些讓我觸動的詩句，例如貝列西說先祖沒有軍人、醫生或詩人，但有手風琴演奏者和農民結他手的朋友，在橫越未知土地的命運裡，付出遺忘與窮困的代價，在蝗蟲與旱災的年期、也在謊言的時代，由Aunt Asunta講述的寓言，寄寓他們怎樣逃離暴君的屠殺與極權統治，怎樣在荒土耕作和種植，開拓生命的延續；而且Aunt Asunta的故事充滿古老的咒罵與奇跡，相連於汗水、公義和作業，以塵埃收集廚房與馬房的聲音，而這些塵埃與文字會被孩子接收，成為血緣的碎片與階級的繼承。當家族經歷和平抗爭與生老病死之後，貝列西成長於潮濕的南美大平原上，學習混雜的語言，聽取四周流轉的故事——詩人說這些家族歷史猶如心裡的秘密，重大得無法跟別人言說，只能通過寫詩來表述，而她每次想起童年時候父母生活在極權之下的境況，依然覺得憤慨，最後她組合這些碎片故事，寫出了這首長詩，用詩的語言記錄了幾代人的離散歷史。

三、寫給無法說話的人

跟家族歷史扣連的命題是靜默書寫。英譯者萊奧．博伊斯（Leo Boix）指出，一九七五年貝列西從遊歷的生涯回歸阿根廷，未幾國家被軍政府獨裁者統治，超過三萬人失蹤，數以千計的無辜者被嚴刑拷打或永久逐出家園，她避居三角洲上的小木屋，直到一九八二年軍政府倒臺後才逐步發表作品，包括長篇組詩〈獻給無法說話的人〉（Tribute of the Mute/The Tribute to the One Who Cannot Speak），那是她經歷了長時期靜默、無法書寫之後發出的聲音。那年頭她不停目睹屍體、無數的失蹤者和被禁止發聲的人，為了克服被消失的恐懼，她轉向關注細小而脆弱的生命體，用寫出來的力量支撐自己走出沉默的勇氣！她在〈詩歌是文學裡的「黑腦殼」〉的訪談中指出：「詩歌要求開敞，要求拋棄羞恥，人們在哪裡思想那些不敢高聲公開道出的事物，詩歌就在哪裡安身。抒情的自我充滿勇氣，敢於在詩歌中說出作者難以在公共空間言說的話語。」又說：「殘暴的獨裁政權倒臺以後，有很長一段時間，敘事文學都處於癱瘓之中。但詩歌卻毫髮無損……因為詩歌沒有甚麼好失去。」這兩番說話展示了詩在亂世的力量，首先，無法公開言說的東西都可以寄寓或隱藏詩中，「詩」作為書寫的形態，像抒情的聲音，以私密形式裝載了公共話語；其次，相對於較受大眾歡迎的小說（即貝列西說的敘事文學），詩向來都是不受重視和關注的文類，即使寫了也不一定有人去讀，因此沒有甚麼東西可以失去，同時也可以在不受注視的目光下自由書寫。

〈獻給無法說話的人〉以季節「秋」、「冬」、「春」、「夏」的次序排列，配上結尾的章節「狩獵情景」。詩中大量描繪大自然的獵殺畫面，有蝙蝠盤旋的黑影、被蜘蛛虎視眈眈的蜜蜂、鳥的斷肢、樹的哭泣與燃燒、被石頭投擲而碎屍的小鳥等等；詩人甚至寫出垂死的蜜蜂，如何從軀幹、腹部到眼窩逐步被蜘蛛蠶食的過程，或鳥的肢體斷裂後，流出的血怎樣染紅河水。貝列西借自然界殘酷的景觀暗喻極權統治的境況，悲慟與哀鳴只能藏在心中，處身斧劈和刀刺的時代，植物被風雪與龐大的物種肆意剝削、搶奪、毆打和強暴，最後粉身碎骨、死無全屍，但仍然有不怕死的鳥在一行一行的死者之間獨自歌唱，在深沉死寂的夜晚，樹枝輕落，聲音像雪崩那樣蔓延開去，詩人像加入大自然的歌詠隊那樣尋求發聲，猶如在火焰裡拍翼的飛蛾，在獵食者持續殺戮的天地與歲月中不休止地歌唱！〈獻給無法說話的人〉為無聲者而寫，誕生於被滅聲的危機，卻以「詩」的吶喊破土而出，「書寫」能夠將她從擔憂與驚恐中拯救出來（save you from the fear and the horror），也為被扭曲的歷史留下見證。

四、將女同情慾織入大自然的系譜

貝列西的女性力量表現在她的女同戀身分上，出櫃，走上街頭參與同志運動，編輯雜誌連結和培養新的女性作者，倡議性別平權和反對種族歧視，一直都是她數十年來身體力行的事情，而寫給女人的詩，像一九八八年出版以「情色」命名的詩集《埃洛伊卡》（*Eroica*），或長詩〈去愛一個女人〉（To Love a Woman）

等，開拓了充滿感官意識的女性情慾版圖。英譯者博伊斯指出，作為阿根廷LGBTQ和詩歌的教母（the godmother of LGBTQ+poetry in Argentina），貝列西的影響橫跨一九八〇、一九九〇、二〇〇〇等三個世代，而且超越國界，她的詩具有讓人目眩而屏息的力量、精純的觀察力，注重日常生活的細節和美感，哪怕書寫一條河、一個划船者、一個女性愛人、一幅畫，以及花園裡的植物和鳥類，都能構築形而上學的層次或象徵指涉的框架。就以〈去愛一個女人〉為例，詩中以日月星雲、花鳥蟲魚、山海潮汐和神話典故書寫和比喻女體，身體的描述從局部開始逐漸放大，盛載洶湧澎湃的愛慾，像在花海中捲伏的軀體、帶著薄荷香氣的嘴巴在頸項游移、搖動的耳環在夢裡叮噹作響等，意象的鋪排瑰麗多姿，想像的氣魄宏大，妳中有我、我中有妳的女體交纏繾綣浪漫。此外，詩人又說去愛一個女人就是初戀的記憶，也是被城市驅逐後的母女聯盟，即使世界燃燒殆盡，唯愛可以抓緊雙手。詩中顯露的情色畫面，是兩個女人肉體的交歡，一面張開身體、挖掘情愫，一面鑽入思想的深處，同時刻鑄靈魂！在貝列西非常迂迴起伏的抒情語調下，將女同情慾織入大自然的系譜，自然而來、也在自然中完成極致的交融。

除了「女同志」的抗爭身分，作為一個「女人」的存在，貝列西也常常強調這種性別命運帶來的力量，尤其是一生跌宕於不同時期的政治風暴，她比誰都看得清楚，所以才會跟訪問者弗列拉說：「在那些關鍵時刻，抵抗的都是女人。」她舉「五月廣場的母親」為例，由祖母到外祖母們，一代一代的聚結，「遠比見到的男人更多」，顯示了一種屬於女人的堅持、固執與柔韌，不輕易放棄的可持續耐力。所謂「五月廣場的母親」，源於軍政府獨裁統治期間導致數萬人的失蹤，一九七七年一群失去兒女的母親開始在佈宜諾斯艾利斯總統府的廣場上聚集，由於當時一切遊行集會都是犯法和禁止的，於是她們扎著白色頭巾，只繞著廣場散步；這些女人當中有妻子、母親和外祖母，她們找遍各處的警察局和監獄都無法找到失蹤的親人，而提交的請願信又沒有回覆，所以只能默默在廣場上行走，行走了三十年[2]——這就是貝列西提及的女性力量！她的短詩〈愛〉有這樣的字

2. 相關的歷史和分析，可以參考吳強的文章〈看見的力量：阿根廷「五月廣場母親」三十年抗爭縮影〉。

句：「如果生命倚仗記憶，／創造就是遺忘的癲狂之舉／在黑暗的走廊裡／我看見你歌唱的模樣。」一群女人的堅毅與創造，在黯黑的政治鐵幕下，詩仍在歌唱，並且還原和保存被獨裁者毀滅的記憶、歷史和生命！

五、昨日比今天更現在的時間意識

人總不能避免蒼老，當年華逝去之後，如何從今天的我遙看昔日的自己？這是貝列西詩作最後的命題：時間意識。隨著生命的成長與蛻變，踏入晚年的貝列西寫了許多沉思時間和死亡的詩，她說二十歲和六十歲對「時間」的感覺會截然不同，年輕時候會更重視每一個瞬間，對瞬間的讚美也貫串了她的創作，但她從來不去修改或訂正年輕時寫下的詩，因為這樣做便會背叛了詩中從前那個自己，她特別強調：「如今的我可能知道一些從前的我不知道的事，但從前的我也知道一些如今的我不知道的事情。」[3] 在《秘密花園》的影片中，貝列西說自己年輕的時候嚮往革命的理想，總極力想摧毀一切看不過眼的事情，即使沒有實際行動，但仍溢滿激情，那是一個充滿憤怒的青蔥歲月。在另一個訪問〈貝列西談《花園》

再版〉中，她也指出當自己七十二歲的時候，「比起生，更靠近死」！綜合這些自述，看得出貝列西對生、死和時間擁有非常自覺的思考，同時也省思過去每個不同階段的自己，到底如何走到今天的模樣，但她沒有懷舊或哀悼，沒有懷舊光輝歲月或哀悼青春流逝，相反的，她勇於接受每個時期的自我面貌，同時站在遠距離思辨在不同時間滾軸上的自我形態。

〈小蝴蝶〉（Little Butterflies）是一首帶有魔幻想像的短詩，貝列西借用蝴蝶生死的意象切入時空的流轉，建立她對生命時間的省思。她從具體的情景出發，先寫出泥濘的街道和路過的灑水車、被殺蟲劑毀滅後滿地的蝴蝶屍骸等景觀，再轉入抽象的時間意識：

我記得泥濘的街道

3. 見弗列拉的訪問，頁一二五。

和路過的灑水車
下午離開時留下
黃色翅膀的地毯
吸著水的……
當那麼多的時候是如此美麗
使用殺蟲劑之前
只會留下一些
黃色和橙色的
成對飛行並且
他們讓我想起昨天
比現在更現在
直至明天或直到某個
他們重臨的時侯並且未來
成為過去式時
我再次成為女孩，現在

在我七十多歲的時候[4]

詩人寫蝴蝶被撲殺後只有少量倖存的依然在空中飛舞，這使她想起了昨日，而昨日比今天更現在，直到將來重新到來、並且成為過去的時候，七十歲的她便會在瞬間變回一個小女孩——這些句子充滿詭辯和矛盾，首先，蝴蝶是在人為毀滅中的倖存者，象徵了生關死劫；其次，殺蟲劑作為武器，既來自文明與科學的禍害，也指向隨意掠奪生命的權力；其三，倖存下來的生命體自身帶著歷史，連結過去、現在與將來的時空；而時間並沒有停止，今天或將來很快便會成為過去。於是，在這種逝者不息之中，垂垂老矣的詩人張望過去，剎那返回孩童的時期，因為作為主體的「她」是連結三重時空的中介者，她從過去走入現時、再走向將來。在這個過程上，現時不斷變成過去、將來不斷變成現時，反過來看，現時曾經是將來、過去由現時組成，所以她才能往返這些時空結構中，從七十歲的位置

4. 感謝司徒珊從西班牙原文翻譯的中文版本，而為了保存這首沒有公開發表的譯本，在這裡全文引用。

回溯小女孩的階段！英譯本的詩句更能顯示這重重吊詭的時間意識：

that remind me of yesterday
more present than the present
until tomorrow or until some
time when they return and the future
becomes the past when
I am a girl again, now
in my seventies

貝列西在訪問中曾經指出，「時間」是握不住的，人只能「處在時間無法止遏的狂奔中」，但在再現一些事物的時候，「時間確實會凍結」，是「將時間凍結在它的美或恐怖之中的幻覺」[5]。對貝列西來說，「詩」是能夠握住和凍結時間的東西，她借用「蝴蝶」的意象承載「時間」的存在，然後穿越生命的過去、現在與將來，在現實中人會老去，在詩中人可以返老還童！英譯者博伊斯分析〈小蝴蝶〉的時候也說，面對人為的滅絕災害，這首詩記錄了詩人在薩瓦拉（Zavalla）追蹤蝴蝶的童年記憶，「蝴蝶」是連結三重時空的中介者，也是凝固時間的事物，構成記憶的憑藉。

結語

過去凝結在現時，回想在「香港國際詩歌之夜」跟貝列西讀詩與對談的聚會，彷彿仍在昨天！當時我讀出她的詩〈愛〉，也讀了自己的作品〈愛在異托邦〉，觀眾掌聲完結後，她再特意一個人用力拍掌，然後再給我一個非常燦爛的笑容，開場便是暖場！對談環節也充滿歡愉與驚奇，例如聽到我的自我介紹說「I am a human being」，老詩人像孩童那樣樂不可支，用西班牙語跟即時傳譯回應後，還不忘拍拍我的肩膊用英語說：「生而為人你很幸運！」接著我簡述喜歡〈小蝴蝶〉

5. 見弗列拉的訪問，頁一二四。

的句子，她問我喜歡這首詩的原因是它很有中國風還是關於時間的命題？我說是後者，因為我不知道將來自己有沒有詩中所說的七十歲經歷，她立即用英語說：「一定有，一定有，我說有就有！」彷彿她是命運的魔法師！最後我問她「當時代碎裂、家庭崩解，世界沒有美好起來，寫作好像變得很無能為力，妳如何克服這些困境？」她便說：「繼續寫作直到世界終結！」我感慨地說：「世界正在毀滅，我正在等待！」她又非常惋惜的再拍拍我的肩背像是一種安慰：「Too bad, it's a pity!」貝列西大抵是一個滿有童真和幽默本性的人，有一點愛玩，對事物很率真。我請她在英譯詩集 *To Love a Woman* 上面簽名，她額外畫上三個心心！因為有她，一些原本沉重的議題也變得輕省了，或許這是她在阿根廷經歷種種流離、幻變與創傷下，仍然堅毅生活下來和持續寫詩的方式！

當我書寫貝列西的時候，總將她的笑顏置放於香港的夜景中，她遠在阿根廷的經歷，透過詩的語言立體呈現和分享著這個城市的共感。正如她說：「生命的美妙就在於總會失敗，總會失去。你愛的人會死，還有比這更大的挫敗嗎？但與此同時，生命的高貴和美麗也正在於此。詩歌想要和瞬間合而為一，但卻每每落空，因為它總是『後來』。你必須打破單純的存在狀態，經歷一些甚麼，才能將經歷落於筆端……對一個更公正的世界的追求失敗了，但你每天醒來，仍會要求另一個可能的世界」[6]。無論人和城市，這些年我們經歷許多失敗，也失去許多東西，但不被重視的詩仍在破敗的環境中發出聲音，一些聲音或許會被壓抑或禁止，一些聲音卻依然具有穿透時代的力量，「寫作」是一個行動、也是一種信念，那些失敗的經歷滋養了詩的形成，只要每天醒來仍然懷有追求美好世界的希望，便會繼續寫作直到世界終結！

29.7.2024

6. 見弗列拉的訪問，頁一二八。

引用書目——

- Diana Bellessi, *To Love a Woman*, Leo Boix trans. (London: Poetry Translation Centre, 2002).
- Diana Bellessi & Ursula K. Le Guin, *The Twins, The Dream* (Texas: Arte Público Press, 1996).
- Diana Bellessi, "After the Fragment," English Translation by Cathy Eisenhower from the Documentary *The Secret Garden*, Asistentes Virtuales, https://www.poesi.as/dbe85010uk.htm (accessed 28 June 2024).
- Diana Bellessi, "Little Butterflies," in Bellessi, *To Love a Woman*, p. 55.
- Diana Bellessi, "The Tribute of the One Who Cannot Speak," in Bellessi & Guin *The Twins, The Dream*, pp. 103-23.
- Leo Boix, "Introduction," in Bellessi, *To Love a Woma*n, pp. 7-9.
- Maria Difrancesco, "Diana Bellessi," *Latin American Women Writers: An Encyclopedia*, https://books.google.com.hk/books?id=AyzGBQAAQBAJ&pg=PT96&lpg=PT96&dq=diana+bellessi+maria+Difrancesco&source=bl&ots=DKaRpi9FsI&sig=ACfU3U3_7-IOLDJ9zFv36Mq7rUrwGE4XUA&hl=zh-TW&sa=X&ved=2ahUKEwjz8IzO18GHAxU0klYBHZ-yFQgQ6AF6BAgaEAM#v=onepage&q=diana%20bellessi%20maria%20Difrancesco&f=false (accessed 27 October 2023).
- Cristián Costantini, Diego Panich & Claudia Prado directed, *The Secret Garden*, 2017, https://www.youtube.com/watch?v=DQ3rpiBCu9k (accessed 27 October 2023).

- 吳強，〈看見的力量：阿根廷「五月廣場母親」三十年抗爭縮影〉，《端傳媒》，二〇一六年七月八日，https://theinitium.com/article/20160708-international-Argentina-mothers（二〇二四年七月二十六日瀏覽）。
- 迪亞娜．貝列西著，龔若晴、黃韻頤譯，《離岸的花園》（上海：上海文藝出版社，二〇二三）。
- 迪亞娜．貝列西著，司徒珊譯，〈小蝴蝶〉，未發表。
- 西爾維納．弗列拉採訪，龔若晴、黃韻頤譯，〈詩歌是文學裡的「黑腦殼」〉，《離岸的花園》，頁一二一—一三三。
- 葆拉．希梅內斯．埃斯帕尼亞，〈貝列西訪談：貝列西談《花園》再版〉，香港國際詩歌節臉書，二〇二三年十一月二十四日，https://www.facebook.com/story.php/?story_fbid=720337396791886&id=100064468971455（二〇二四年七月二十六日瀏覽）。

III

藝術評論

文字的刀刃

評論人作為藝術家

當我準備動筆寫這篇論述的時候，有一種遲疑，不是不能寫，而是要寫成甚麼模樣？這涉及一個「標準」的問題，是符合自我認許的要求？還是旁人或讀者的期望？而被評述的對象又如何看待？於是，「評論」變成一種三角關係，恆常角力！在過去跨界書寫的歲月裡，在無數電影、文學、流行音樂、漫畫的界線上，對我來說，舞臺演出的論述存在最強烈的人際張力，也曾承受最激烈的傷害，例如因著在電臺節目「演藝風流」裡嚴正指出某個劇目涉嫌污名化同性戀者，而被導演當面以暴力語言責難沒有資格擔任評論主持！是的，十數年的藝評人生涯，我一直思考這個「資格」的問題，到底是誰才可擁有批評他人的權力？這權力從何賦予和冀求到達甚麼地方？「評論」是否就像《鹿鼎記》裡韋小寶的戲言，是雞蛋裡挑骨頭，沒有骨頭就把蛋黃搗過稀巴爛，以突顯某些目的？在香港發表園地短缺、稿費低落、字數和內容隨時被刪改的惡劣環境下，繼續評論下去的動力究竟是甚麼？「評論人」對於創作團體來說，又是怎樣的角色？是同行者、監察者還是敵人？相信這些思慮不是我一人獨有，卻永遠沒有終極答案！

一、千瘡百孔的生態

二十世紀的西方理論，「何謂評論？」（What is Critique?）是一個熱門話題，從羅蘭．巴特、懷特．班雅明、蘇珊．桑塔到米歇爾．福柯，洋洋灑灑的十數篇文獻擺在眼前。「藝術評論」的基礎是詮釋和分析，從個人觀點出發，在公共空間溝通和論辯，以求達到最高的層次，即美學判斷與哲學思維，同時也是文化構造和歷史書寫，但另一方面，評論也是一種「機制」（institution），涉及權力（power）、操控（manipulation）和管理（governance），及其逆反的對抗（resistance）。「藝術評論」最「小我」的定義，大抵是自我的塑造與身分界定、個人批判思維的鍛煉，而「大我」的成全便是為公眾和公義發聲、撥亂反正，拆解主流建制的意識形態，為歷史留下記認。

基於這些認知，評論必須通過學習而來，仰賴教與學的設置，不同的科際授予不同的論述取向與方法，舞蹈、戲劇、音樂、戲曲等各有不同的審美尺度與歷史發展脈絡，說得直接一點，就是「專業」，必須一步一步跨入門檻才能窺見端倪！可惜縱觀香港的大學教育，藝術評論的課程卻付之闕如，儘管近年舞臺演出的項目以二次方程式不斷增長，但藝評人的訓練只能交與民間團體培養。民間團體培養本來不失一個自治的位置，但由於資源與時間的限制，往往只求即時效應，沒有長遠的支援或持續的累積，初學者參加一個或兩個工作坊後，便急急發表評論文章，看的演出不多，理論和歷史的基礎薄弱，寫出來的文字常常發生誤讀演出文本、誤解表演類型、誤判藝術水平等種種情況。猶有甚者，某些紙本或網絡媒體的負責人，只是行政人員而不是真正有識見的編輯，把關不力之下刊出這些千瘡百孔的文章，貽害生態環境：首先，這些初學者眼見文章得到認同，便沾沾自喜的以為這是書寫評論的蹊徑（或捷徑）；其次，文章流播後，又成為另外一些初學者抄用的材料，彷如滾雪球那樣連環污染；其三，充滿謬誤的論述傷害了真正有深度的演出作品，加深了評論人與創作者之間的鴻溝與對立！作為一個寫字人與教學人，我也期望文化藝術能夠不斷輪替與承傳，通過課堂、工作坊和演講方式培養新一代的評論人才，但假如採用「即食文化」的方式揠苗助長，我寧願培訓的園地一片荒蕪！

二、評論是藝術創造

英國劇作家王爾德（Oscar Wilde）在〈評論人作為藝術家〉（The Critic as Artist）一文中指出，創作與評論從來沒有對立，而是互相依存，首先，所有藝術創作必須包含「批判」的角度，那是對生活經驗的理性思辨、素材處理和鑄煉藝術形態的方法，原創者必須自我評述；其次，評論本身就是藝術（Criticism is itself an art），因為在詮釋的過程中不能沒有想像力和創造力，評論人一方面要還原創作人的心路歷程、一方面必須自我介入參與，才能形構論述，那是一種創作中的創造（a creation within a creation）。王爾德甚至認為，只有在極權統治時期才會只有創作、不容許評論，因為作品單一、簡化和服從某種生產模式，所以評論無用武之地，這是藝術難以發展的狀況！我很同意王爾德的論述，「評論」作為一種「藝術創造」，必須獨立於權術的網絡羈絆，而不是純粹的實用功能，既不為藝團宣傳節目、推高票房而寫，也不是服務市場策略，為消費者提供簡易資訊（例如給予星星的等級），更不該是同行者之間的利益交換、或公關贈票的酬庸機制，書寫的人不以負面評論吸引點擊率和注視，珍惜「文字」的自由言說，同時也時刻警醒它的鋒利刀刃！

9.8.2017

引用書目——

- Oscar Wilde, "The Critic as Artist," in *The Soul of Man Under Socialism & Selected Critical Prose* (London: Penguin Books, 2001), pp. 213-43.

為誰而寫
和寫了甚麼

藝術評論的危機與機制

以前是攤開一張原稿紙，現在是打開一個電腦屏幕，以前用筆，現在用鍵盤，但如何鋪陳、分析和論述一個作品，還是一場自我跟他者游擊的戰役，然後文章寄發出去，在哪裡落腳？遇到甚麼人？怎樣再被論斷？是像放了線的風箏那樣身不由己？還是被誤解地糾纏在泥漿摔角！在看一本叫做《評論的空間：當代藝術論述的轉變》（*Spaces for Criticism: Shifts in Contemporary Art Discourse*）的書，在半學術與半民間採訪之間，環繞當代藝術評論的發展脈絡及其困境，從二十世紀初現代思潮的引發開始，經歷後現代主義、全球化和新自由主義下，跟隨藝術發展而來的評論如何走它的萬水千山縱橫、或山窮水盡疑無路的腳步和身影。書中詰問評論人作為一個書寫者，他／她的主體是甚麼？藝評必須寄存載體，它的自由與限制又在哪裡？當社會經濟全速向前翻滾或向後跌步，評論人及其文字該怎樣自處或抗衡？文集的四位編輯在論析藝評地誌學的導言中，指出當代評論有兩個困境，第一是在網絡世界裡人人都是評論人的時代，資訊氾濫夾雜水平參差的文字，各人為自身的利益書寫，導致論述貶值、評論人已死或陷入身分危機的狀態；第二是在新自由主義與全球化的風潮覆蓋下，藝術聯繫市場策劃和投資，出現命題訪問和受僱書寫的流向，評論人在體制內工作，然後又變成另一種權力機制，在市場和藝術團體委約的捆綁式合作中，評論人如何保持獨立？這些嚴峻而迫切的問題，香港也無法倖免，網絡從來都是雙面刃，讓資訊流通同時又氾濫成災，讓人自由書寫和發表卻又無法守住水準的關口，看似唾手可得的方便其實耗損和浪費更多篩選的時間。至於評論人與藝術機構之間的僱傭合約，更是新興的現象而且以軟性的包裝滲透，越是跟市場掛鉤的藝術，受僱書寫的競爭也越加激烈，由是產生「服務式評論」（service criticism），著重資訊功能、即時效應、廣泛流通和市場策略，慣性的書寫標準造成千篇一律、千人一面的空泛言詞，評論變成速食的消費品，不是短小精悍的金句式論斷，便是以簡單評分來判別作品的好壞，而大眾習慣了這些膚淺的層次和模式後，漸漸便無法接受深度的長篇論述。

一、藝術機構的收編與贊助評論

我喜歡書中一個關於藝評人自我反思的對談：〈參與藝術評論：當我們經驗和宣稱的時候〉（Involvement in Art Criticism: As We Experience It and We Claim

Spaces for Criticism
Shifts in
Contemporary Art
Discourses
Thijs Lijster
Suzana Milevska
Pascal Gielen
Ruth Sonderegger
(eds.)

It），四個來自歐洲的論者從個人出道的時代、讀過的書、走過的歷程出發，暢談在書寫、教育和編輯工作上的經驗和概念，卻也帶出好些切中時弊的深刻觀察。例如德國女性主義者桑佳・艾斯曼（Sonja Eismann）為了自我發聲和有所對抗而踏入藝評的領域，以批判的策略抗衡世界的不公平與不公義；她嚴厲而不無反諷的指出在藝團和刊物的機關裡，許多評論人甘心淪為附庸，先在體制內以評論人的身分獲取權力和利益，然後自我制度化和權威化，以大量形容詞堆成符合官方或主辦者需要的文章，再以「專家」自命而壟斷言論。她說有一種東西叫做「贊助評論」，類近宣傳的廣告，由於藝術市場競爭劇烈，主辦機構對於那些願意通誠合作的「友善評論人」總有許多優惠和報酬，而遇上票房告急的時候，甚至要求評論人的文字必須「共度時艱」（stand together in times of austerity）！在這種情勢下，藝評人被機制收編了。

艾斯曼的論點讓我想起了御用文人，同時帶出兩個現象：首先，所謂「通篇是形容詞描述」這樣辛辣的諷刺，讓人哭笑不得之餘也大快人心，的確有一種藝評只會複述故事大綱、抄寫演員對白、逐一形容舞臺佈置、詳細說明每個舞蹈動作（差點沒有畫圖），然後便來到結論了，比TVB電視劇還要僵化的套式，到底是寫給誰看呢？看過演出的人不需要這些複述，沒有看過演出的讀了複述也無助於藝術的理解和判斷！其次，所謂「贊助評論」，直接的方式是找評論人寫宣傳稿，間接一點便採取委約或資助方式，前者通常是「命題」訪問或專題寫作，後者比較模糊，主辦單位有特定的期望和要求，而評論人也具有某程度上的自主和選擇，問題是這些合作都是在演出前邀請和承諾，一旦演出後作品出現問題時，兩方的角力會發生怎樣的情態?!付錢的單位是否容許評論人嚴厲的批判？而評論人又能否跨越利益的關係（例如日後合作的機會），勇敢忠於自我的識見？作為一個十級敏感的寫字人，我無法處理複雜糾纏的人際關係，由始至終無法接受命題的書寫狀態，雖然曾經以觀察員的身分參與一些委約的合作方案，但當香港幾個藝術單位的機制越來越明確建立時，我也必須慢慢抽身了。所謂「機制」就是一種權力架構，當中有無數由上而下、也由外而內的規範，一旦踏入機制、或自我機制化，就是從屬於一套約定俗成的規則，在權力與利益的交際裡，個體的自由和獨立備受威脅和消除，甚麼是必須說的，甚麼是不能說的，從而產生馴化、歸順、服務和審查的屬性，而藝術，偏偏就是反機制、反權威和反功能價值的！

二、藝評人的自我膨脹與權威

另一位對話者伊尼絲．姬拾陶（Ines Kleesattel）來自維也納，說藝術評論有許多不同類型，端看是寫給誰看？寫在哪裡？都會嚴格地規範了論述的方式，在不同的載體中（從紙本報紙、學術期刊到網絡媒體），因應不同的讀者，藝評的寫法和接收狀況都不一樣，在曲高和寡與通俗流行的漸層間，評論人如何選擇和自處？尤其是一些主辦單位和媒體要求通俗明白、易於廣泛流傳的文字敘述，所謂「reader-friendly」，作為論述者必須時刻自我反思：誰人為誰在怎樣處境下而提供了甚麼（who is providing what to whom in which situation）？非常尖銳而利落的問題，為誰而寫？寫了甚麼？個人處於甚麼狀況？要靈臺清明而不盲目才能這樣躬身自問！我尤其關注她談及的媒體機制問題，無論紙本還是網絡的界面，編輯擁有怎樣的權力？在市場導向和讀者為先的前設下，評論人是共謀還是抵抗？在快速即食的年代，堅持深度（或艱深）書寫，總被排斥或否定；而另一方面卻又有一種評論人故作高深，以通篇氾濫的術語來建立自我權威的形象，作為行銷手段，騙取某些斷層讀者的信任，尤其是那些不熟悉理論卻又趨之若鶩的群眾，行騙的和被騙的都自我感覺良好！

被問及藝術評論的終極價值是甚麼？姬拾陶毫不猶豫的說是解放教育與美學自主（emancipatory pedagogy and aesthetic autonomy），在於審視當世危機的臨界點，以及自主過程中衍生的差異，在抗逆裡建立廣闊的討論；誠然，眼前的評論也是建制的一部分，無可避免捲入矛盾的狀況，但只要能夠將藝術評論轉化而為多元的、恆常變動的實踐，便能夠避免使它單單淪為判別好壞的技能。姬拾陶這番話語很有當頭棒喝的警醒味道，我們常常讀到或聽到一些香港藝評人很意氣高昂的指點江山，說某某演出「不能滿足我」，或「我對這個作品感到很不滿足」云云，這個「我」的幅度也未免太大了吧，人家的演出不是為了「滿足」評論人啊，而且何謂「滿足」？這真是一個很奇異的用詞，牽涉一種或一些慾望，從自我出發，將作品和表演者當作他者，或物化成提供感官刺激的中介物，如果是個直男的，還附加性別權力的從屬關係，問題更嚴重了！此外，社交媒體的一些割凳網頁，也無限放大消費者的權力位置，以「好壞」、「中伏」等標準一刀切割藝術表演的呈現，情緒宣洩主導行文的邏輯思維（假如有的話），看得或寫得這樣的東西多了，胸襟和視野逐漸收成一條窄縫，文字只有中傷的功能。不是說不能評論「壞」作品，我也曾遇上中途離場、看不下去的慘痛經歷，但其實評論「壞作品」的難度更高，因為單純的謾罵根本無法改變表演藝術的生態環境，而是必須提出「壞」在哪裡？如何「壞」？有沒有修正的可能？如果沒有，以後怎樣走下去，換句話說，就是以「議題」出發，直搗作品的核心問題與困局，翻出現象的內層，這樣才不會讓自己淪為文化打手！這種程度的書寫，需要更全盤觀照、洞悉事理的能力，讓論述最終能夠超越好壞的簡單二分，轉入多層肌理的解構，從而打開處理壞作品的新視界，滋養文化生態，以後不再重蹈覆轍！

三、單一論述與編輯的權力壟斷

一個演出作品只容許一篇評論，這個不知甚麼時候和如何構成的編輯方針非常荒謬和專橫，卻一直在香港許多紙本雜誌之間橫行無忌，曾經因為已經有人評述了某個舞蹈，我便不能提交同樣的選擇，也曾經因為我寫了某個劇作的分析，另一個評論人便被迫要更改論題，他們說是版面有限，其實是編輯將藝評當作商品，不能在貨架上重複出現，以免壞了讀者消費的瀏覽！編輯權力凌駕藝評人的專業之上，在恣意刪改我們的文字之外，連作品的自主選擇也被規限和剝奪！論者露絲·桑德瑞格（Ruth Sonderegger）嚴厲指控編輯權力干預論述自由，包括字詞和用語的審查、文章一稿二稿的反覆修改，尤其是當編輯的水平差得太遠的時候，這些干預造成無盡的壓力和挫敗感；她認為要建立多聲道的批評空間，必須讓同一個藝術作品擁有多篇的論述，同時容納論述之間的矛盾對立與南轅北轍。這樣做，第一是給讀者提供多元角度的思考，同一個作品有各種迥異的批評方法；第二是通過相反相成的理據，彼此制衡評論人的權力，沒有人能夠一言堂的壟斷一種講法；第三是促使藝評人借助他人的觀點來反照自身，從而打開自我批判的意識，加強所謂專業的素養！讀到這裡，發現這本書的讀者不該限於藝評人，而是藝評雜誌和媒體的編輯啊！但可惜香港的藝術演出很蓬勃，觀眾的開拓很貧弱，編輯的權力無限大，具有識見的不是沒有而是太少，網絡的庸眾太多，發表的空間逐漸收窄，於是怨聲載道（而不是眾聲喧嘩），把持公義與終極關懷的評論人變成極少數！

6.12.2019

引用書目——

- Thijs Lijster & Suzana Milevska, "Introduction: A Topology of Criticism," in Thijs Lijster & Suzana Milevska eds., *Spaces for Criticism: Shifts in Contemporary Art Discourse* (Amsterdam: Valiz, 2015), pp. 12-19.
- Sabeth Buchmann & Sonja Eismann, "Involvement in Art Criticism: As We Experience It and We Claim It," in Lijster & Milevska eds., *Spaces for Criticism: Shifts in Contemporary Art Discourse*, pp. 152-66.

讓我散落四周

福柯的〈甚麼是作者？〉

如何想像不存在作者的作品？當作者從作品消失，讀者可以怎樣？一九六八年法國文論家羅蘭．巴特宣判了〈作者之死〉（The Death of the Author）之後，一九六九年另一位哲學大師米歇爾．福柯（Michel Foucault，臺譯傅柯）緊接寫出〈甚麼是作者？〉（What is an Author?），進一步消解作者存在的意義，兩年之間作家連續死了兩次！作為一個文字人，我很好奇自己到底是怎樣死於書寫？死了之後棺木能夠開出怎樣風景的天窗？又或許，從書寫的頃刻開始，我早已不存在了，是歷來評論人的戀屍癖，才孜孜不倦發掘作者早已化成飛灰的身影！

一、當「作者」無法永生的時候

福柯的文章〈甚麼是作者？〉很短，英譯本只有十八頁，卻衍生了數以百計的後續論述；它的難度不在於概念，在於層層環扣的逆反思維與邏輯，以反證、否定的論辯配合「既不……也不」的句式，探討「作者」如何消失於文本，對於一向習慣從「作者生平」入手研讀文學的人來說，徹底瓦解了根深蒂固的信念，無疑是很大的打擊！然而，福柯從沒有否決「作者」這個人種（許多人不明白便誤讀了），他要拆解的不過是作者的權威和單一指涉，銳意開通文本的流動與多元空間，反轉文學閱讀與評論的封閉系統。

從歷史的勾勒開始，福柯指出「作者」（author）屬於現代的概念，那是西方自十九世紀末到二十世紀的思潮發展，於是「作者」的消失基於兩種情態：第一是書寫免於表述的主題或目的，不從內部界定，而是自存於外在的開展，是符號游動和組成的結果，不斷溢出和違反固定的規條，書寫的目的不是為了釘緊語言的主旨，而是創造主體消失、無遠弗屆的空間。第二是書寫與死亡的關係，傳統或古典時期講求書寫的永恆價值，即使肉身消亡，只要留下作品，便彷彿獲得永生，假如作者為了創作而力盡枯亡，作品的永垂不朽更是一種補償；但到了現代時期，作家（包括卡夫卡、普魯斯特和福樓拜）卻極力在書寫之中進行自我謀殺，作家的死亡不在於追求永恆不滅，而是在書寫的遊戲中扮演死者，泯滅自我的痕跡，這樣才可以偽裝、隱藏或分裂自己多重浮游不定的形相。福柯的陳述，第一項關乎語言的符號特性，第二項關乎書寫的主體，兩者都載滿變動、不確定、差異和歧義，來無定向，去無邊界——從開始構思到完成，我們如何說並不

Michel Foucault 1969

What is an Author?

In proposing this slightly odd question, I am conscious of the need for an explanation. To this day, the 'author' remains an open question both with respect to its general function within discourse and in my own writings; that is, this question permits me to return to certain aspects of my own work which now appear ill-advised and misleading. In this regard, I wish to propose a necessary criticism and reevaluation.

For instance, my objective in *The Order of Things* had been to analyse verbal clusters as discursive layers which fall outside the familiar categories of a book, a work, or an author. But while I considered 'natural history,' the 'analysis of wealth,' and 'political economy' in general terms, I neglected a similar analysis of the author and his works; it is perhaps due to this omission that I employed the names of authors throughout this book in a naive and often crude fashion. I spoke of Buffon, Cuvier, Ricardo, and others as well, but failed to realize that I had allowed their names to function ambiguously. This has proved an embarrassment to me in that my oversight has served to raise two pertinent objections.

It was argued that I had not properly described Buffon or his work and that my handling of Marx was pitifully inadequate in terms of the totality of his thought.[1] Although these objections were obviously

真的能夠控制如何說；從翻開的第一頁到最後一個字，別人如何讀更是連符號都不能承諾的結果。假如真的是這樣，何以「作者」這個身分還是一直佔據作品詮釋的權威位置？答案在於「作者功能」（author function）。

二、「作者」的四項功能

甚麼是「作者」？它必然是一個名字，但跟普通的名字不同，而是特殊的符號，指向一系列的分類和連結（例如劇作家莎士比亞），讓他／她跟一般同名同姓的人不同，顯示某種「論述」（discourse）的存在特性、經典地位、文化背景及其社會流通。這樣的「作者功能」共有四項：第一是作為所有權及其使用，作品的著作權除了保障作者的權益外，還以處罰的形式監管，處理侵犯和非法盜用的問責，問題是一旦書寫的內容違反了體制或特定法律，這個「著作權」便是賴以追究和行使刑法的憑藉！第二，跟科學論述的發展不同，文學作品諸如小說、史詩、悲劇和喜劇等必須賦予作者之名來界定價值，「匿名」是無法忍受的，假如引起「誰是作者」的爭議，便必須查證到底，「考訂作者」曾經是一門顯學，一個作品假如沒有作者名字，無論讀者還是評論人都無法安心（古代無法考訂創作人的詩詞歌賦，總賦予「佚名」或集體著作的統稱），現當代文學的作者名字不能成為懸案，否則會損害作品的價值。

第三，「作者」的概念不是伴隨作為真實個體的歸屬發展而來，而是一種複雜的操控和建構，評論人汲汲於還原作品的創作動機、靈感和意念，以（或多或少心理）投射（projection）的方式構築這個人，抽取需要的特徵來進行解說，作品的轉化、變形或修改，都可以通過作者生平、社會地位和歷史背景來闡述。在這些情境下，「作者」具有永恆不變的意義，用以平息紛爭、中和矛盾、抹除作品的差異性，統合完整的個人風格，同時也作為「真確性」（authenticity）的鑑定標準，發揮歷史人物的話語權威（像莎士比亞說、布萊希特說）！第四，福柯認為作者功能絕對不能單純從二手資料建構而來，因為文本載滿變動的符號，尤其是裡面的「代名詞／人稱轉換」（pronouns/shifters），從第一身到第三身都可以有無數指涉的可能，敘述者、角色和作者之間不是對等的關連，而是現實裡那個書寫的人多重自我分裂的結果，有時候連作者本人都無法肯定和清楚到底哪一個代名詞才是自己，因為複式的自我沒有單一的面貌！此外，不單是文學創作，評論的情態也一樣，論述中那個「我認為」、「我主張」等等也是一種建構的形相，在實驗過程中逐項論證的我，在運用語言或符號解說論據的我，以及在總結研究結果、困難和展望將來發展的我，都不是統合的，而是同時分散四周、游走彳亍的。

三、拆解教育與評論的框架

這些近乎解構的論辯，不容易讓一般讀者和評論人消化和接受，我們從小到大的文學教育必先從「作者生平」開始，最後以「作者文學地位與影響」作結，中間無論經歷怎樣的詮釋，都離不開「作者」的坐標；然後來到文化研究的科際，我們講求「文本與脈絡」（text & context）的分析，再進一步扣緊了「作者」的功能，他／她為我們提供了可堪採用的素材和建構框架，例如作者從何而來？作者的政治立場或性向是甚麼？我們以為走得很遠，其實仍在固有的圈圈裡畫更多不同的圈圈而已——在這裡，我說「我們」（包括「我說『我們』」這句話），也是通過代名詞構築跟讀者的關係，這個「我們」包括我，但也不是我，當然更不是你們！

福柯不是否決「作者」的存在，而是拆解「作者」的觀念及其功能如何導向了評論的路徑。無數文學評論裡的「作者說」、「作者認為」，其實都不是作者說，而是評論人假借作者之名自圓其說，一方面利用作者功能釘死了詮釋的空間，一方面將自己的套語塞入作者已經無法言說的口中。又有一類評論人不自稱為「我」，卻喜歡自稱為「筆者」，每次讀到這樣的稱號都讓我覺得不可思議。我大概想，所謂「筆者」應該是對應「作者」而來的，評論人相信有一個客體存在的作者，於是化身客觀論述的筆者，有時候平等相待，但大部分時候都是謙卑的位置，以「作者」為尊，安放自己的位置，也合理化那些評斷。此外，所謂「筆者」也是「他者」，彷彿不用第一身的「我」便可以免除主觀、塗上客觀的外衣裝點一下（倒有點國王的新衣的味道）！我不知道法文或英語有沒有像「筆者」這樣的字詞，假如有的話，福柯大概也要再寫一篇關於「甚麼是筆者？」的文章了！

四、「話語始創者」的跨時代身影

福柯耗盡心力、迂迴九曲十三彎的航道那樣論辯「甚麼是作者」，目的不是為了取消作者的存在，而是處理論述中的作者問題。對他來說，一本書、一部作品或一個文本的作者，只是對創作人一個狹窄的觀念，尚且需要解放、拆封而讓其崩解；相對來說，一套理論、一個傳統或一個科際的作者，產生的意義更不相同了，他稱之為「話語始創者」（founder of discursivity），代表人物有弗洛依德和馬克思（Marx）。這種始創者擁有跨話語的位置，不單作為個人作品的寫作人，更重要的是催生了日後其他文本的出現，帶動論述無限延伸或蛻變的可能。福柯以弗洛依德為例，他的著作開創了「心理分析」（Psychoanalysis）這一門學問和科際，後來的人無論同意或不同意他的觀點，都從他出發而演繹不同的分析；就這樣弗洛依德在生前死後建構了一個龐大、複雜而延綿的論述網域，容納各樣差異的、轉化的、分叉的或匯合的心理學發展內容，但任算後來的論述如何流播和繁衍，追本溯源還從是弗洛依德而來，以他的學說做基礎，切入新的調整、考察或開啟。除了弗洛依德外，影響一個世紀政治與文化意識形態的馬克思，以及語言學與符號學的奠基者索緒爾（Saussure）等，都是「話語始創者」的重要人物。

福柯在總結的時候指出，他的終極目的是為了提供一個「論述類型學」（a typology of discourse），我們不能只停留在語法特色、形式結構等內緣層面來閱讀文本，而是通過分類來認知論述與作者之間存在的各種特性和關係。另一方面，他同時也建立了論述的歷史分析（a historical analysis of discourse），我們不可再單單從文本的表述價值或形式轉化來研究論說，而是著眼於它的存在形態，包括在不同文化調整之中那些流通、固定、歸屬和挪用的模式，以「作者功能」揭示文本運作中帶動的社會關係。在研讀文學或論述文本的過程中，放開作家的傳記和心理參照，直入核心的主體，發掘主體的切入觀點、運作形態與歸屬系統；與其追尋作者表達的意思和語言模式，不如詰問書寫的情境、佔據的位置、遵從的規範，以及主體在論述中不停變換的功能。傳統的概念總將作者命名為天才的創作人，擁有解說世界的無限力量，然而，福柯認為真相恰恰相反，「作者」的存在不是為了無限地填滿文本的象徵來源，而是不斷顯示了他／她在文化上承受的制約、排斥和選擇。在社會不斷變動的過程中，作者功能會慢慢消失，我們不會再問誰人寫了甚麼？作者的真實性與原創性在哪裡？而是關注論述或文本以何種形態存在？如何被應用和傳閱？當中有沒有延展的空間？誰人假設當中主體的運作？到了這個時候，誰人在說話（或作者是誰）已經不重要了！

結語

讀完福柯的〈甚麼是作者？〉，意外地發現福柯、也發現了自己。首先，福柯的論述本身已經很跨話語化，遊走於文學、理論與科學的邊界，既拆除彼此間隔的藩籬又互相對照和比較；其次，福柯本人其實也是「話語始創者」，或許當時他並不知道自己死後成為一代宗師，所謂「福柯學說的」（Foucauldian）已經是一門重要的人文學科（或顯學），他的影響橫跨文化、文學、性別、哲學、歷史、社會學、語言學、人類學、城市學、甚至科學等範疇，其重要性不亞於弗洛依德和索緒爾。最後是作為「作者」的我如何閱讀福柯或其他作者？「作者」從來沒有在福柯的論辯中消失，而是一種離散的存在，〈甚麼是作者？〉極力抗衡和拆除的是文本或論述的權威與主導，當中牽涉兩種權力機制：一邊是作者的話語權，另一邊是讀者的詮釋權，後者不必也不應順從、歸屬或屈服於前者，不是作者為大、死者為尊，「作者」既是書寫的人建構出來的，也是讀者藉著文本延伸和轉化成形的。假如有一天有讀者跟我說，他／她在我的作品中認識了作者是怎樣或那樣，我或許會請他／她好好忘記我吧，這樣我才可以散落四周的活存，而不是被釘成重複死亡的一個標本！

4.4.2022

引用書目——

- Michel Foucault, "What is An Author," in *Aesthetics, Method, and Epistemology (Essential Works of Foucault, 1954-1984, Vol. 2)*, James D. Faubion ed., Robert Hurley trans., (Penguin Books, 1994), pp. 205-22.

如何說好論辯

伊格頓的〈評論的功能〉

聽說「文學評論」（literary criticism）沒落了！聽誰說的呢？就是教文學的老師、設計課程的單位負責人、出版社和刊物版面的編輯、買書和賣書的人，還有文學創作者和學生。泰瑞．伊格頓（Terry Eagleton）在〈評論的功能〉（The Functions of Criticism）開首第一段即指出，文學評論逐漸變成一門瀕死的藝術（a dying art），死因是老師不懂得教，學生沒有學好，學生成為老師後繼續惡性循環。他續說有人詬病高深的文學理論（literary theory）害慘了文學閱讀，讀了理論後心靈會乾枯、腦袋會腫脹而無法辨認比喻（metaphor），率先殺死了詩！只是，伊格頓詢問詩是單單的比喻嗎？由此他展開了漫長的歷史論述，最後寫成了一本叫做《如何閱讀一首詩》（*How to Read a Poem*）的書。

伊格頓是英國重要的文學理論家，他的《文學理論導讀》（*Literary Theory: An Introduction*）數十年來成為世界各地大學的課程用書，讀文學理論的人差不多沒有一個沒讀過的。師承文化研究之父雷蒙．威廉斯（Raymond Williams），伊格頓的思想深植於馬克思主義（Marxism）的傳統與基礎，「意識形態批判」（ideology critique）貫串其一生。儘管我不是馬克思主義的信徒，也不屬於左翼文學的陣營，但伊格頓的批判意識和歷史追蹤還是到處閃現靈光，照出文學評論一條蜿蜒曲折的路徑，及其到處沙石絆腳的境況。以漂流教師的身分在學院教書的這些年，掙扎最深的還是這地方對文學比棺木還要死守的定見，以及只有骸骨沒有血肉的教育體制；正如伊格頓所言，老師沒有教好文學、學生沒有學好，而我會不會也難辭其咎呢?!〈評論的功能〉收在《如何閱讀一首詩》的第一章，圍繞如何讀詩、怎樣評論的問題。

一、不讀文學如何讀懂理論？

回返伊格頓開首的提問，文學理論有沒有害慘了文學閱讀？答案當然是否定的！理論無辜，是讀的人沒有讀懂（或以為讀懂），或根本沒有讀的人卑微地抗拒（或自大地排斥）。首先，無論哪個流派，文學理論強調文本細讀（close reading），伊格頓列出一個長長的名單，包括俄國形式主義（Russian Formalism）論果戈里（Gogol）與普希金（Pushkin）、巴赫汀論拉伯雷（Rabelais）、阿當諾（Adorno，臺譯阿多諾）論布萊希特、班雅明論波特萊爾、克里斯蒂娃論馬拉美（Mallarmé）、巴特論巴爾扎克（Balzac）、西蘇論喬伊斯（James Joyce）等等。這個名單很長也很有意思，說明了一個關鍵狀態，讀文學理論必須有一個非常豐盛而紮實的文本閱讀基礎，但問題是有些學生只「單純」讀理論，而不涉獵文學作品，完全將理論架空，沒有文本做基礎，試問又如何讀懂上列理論家的文章？不讀波特萊爾的詩如何理解班雅明的遊蕩者理念？不讀拉伯雷的小說怎樣明白巴赫汀形容的怪異身體？假如懸空自己腦袋割裂地讀抽象的概念，根本無法讀出具體和核心的意義，在埋怨理論艱深之前，先問問自己讀了幾本小說、幾多詩篇？

其次，伊格頓說上列這些大師不單是優秀的評論人，憑本身造詣也是非常出色的文學藝術家（literary artist），他們通過評論工作來創造文學，例如福柯的行文風格與邏輯論辯便自成一體。他／她們既是文本細讀的專家，同時對文學形式很敏感，不會單薄地拋出一堆描述作品內容的形容詞，而是從「論述」（discourse）的角度切入。所謂「論述」，是處理語言的物質密度（material density），那是各種不同類別和形態的「言說」（utterances），也就是「形式」（form），解讀一首詩不是發掘語言背後的含義，而是語言作為詩的構成形相。伊格頓這個概念很有意思，許多人總以為讀詩就是「解謎」，只要能夠一個一個拆開那些比喻的含義，便完成了詩的評論，但「詩」不是「比喻」（或單純只是比喻）啊！比喻作為語言的構成到底是甚麼？詩在比喻以外還有甚麼？如果我們無法回答這些問題，還是不要讀詩（或教詩）好了！接著伊格頓以奧登（W.H. Auden）的詩〈美術館〉（Musée des Beaux Arts）作為例子，從主題、語感、聲音、典故、修辭、跨行、語法、段落構成、隱藏技法、文化脈絡和哲學思維等多種覆蓋層面，提出非常細密的闡釋，這裡我不作複述，有興趣的讀者可以直接找原文來讀，肯定大開眼界，原來一首詩可以如此多樣生成！

二、評論是一門藝術書寫

在這裡，我反而想說說伊格頓認為「評論人也是文學藝術家」這個觀點。我不知道其他地方如何看待評論，但在香港它一直只是功能性的文類，無論文學、文化還是藝術評論，基本上有兩種，正面評價的幾乎只為作品服務，例如為大眾解釋作品的含義或價值，提供閱讀或觀看的方法，甚至為創作人或單位做宣傳和定位的功夫，為申請下一個資助計劃提供理據；至於負面的，則往往容易變成攻擊、謾罵、情緒宣洩、指桑罵槐的報復，尤其是社交媒體上的版面割據！深度的書寫常常被認為故弄玄虛或賣弄學問，個人情感的介入又被指為自我沉溺，寫來面面不討好，討好的又很難是好文章！最重要是從來沒有人關注評論人的美學風格、行文修辭或自我構成，評論「評論」的論述幾乎付之闕如——第一是因為難，評論「評論」必須有很高的造詣、視野和胸襟；第二是沒有必要，因為評論不是藝術創作！在這樣的氛圍下，評論人常常有一種被用完即棄的感覺，從來沒有人關注到底這些評論是如何寫出來？當中有甚麼構成？不是論點的內容，而是運用的「語言」作為「論述」和「言說」的存在形貌！

書寫評論最大的挑戰或考量，除了分析觀點與論辯邏輯外，「如何說」才是第一步功夫，假如說得不好，任算有怎樣犀利的看法也無法落在紙上；其次是怎樣「說下去」，觀點之間如何扣連、反襯或對比，完全是佈局和結構的問題，稍有不慎，不是落得前言不對後語、自相矛盾，便是嘮嘮叨叨、死不斷氣，或兜兜轉轉九曲十三彎也轉不入核心地帶！接著是個人鮮明風格和獨立體系的建立，如何成就只此一家、別無分店的簽名式印記，真有點像先秦諸子的百家爭鳴，各有各派別的主張和雄辯滔滔，彼此不會混淆、重疊而是自成一格，端賴評論者的文字功夫，當中涉及猶如上列伊格頓分析奧登的詩學，包含語感、節奏、修辭、段落構成、文化脈絡與哲學思維。就從最基本的說起吧，例如怎樣複述一個舞臺劇、一本小說、一部電影或一首流行曲的內容？「複述」也是一種藝術，人家的故事說得那樣精彩，評論人拙劣的文字會像老鼠屎，定然搞壞了一鍋粥；正如伊格頓說，學生最常犯上的毛病是以為將故事內容複述一次，中間加入幾句個人體會，便算做了評論，猶有甚者是平庸或白如開水的敘述不但沒有提升論述的層次，反而拉低了原有作品的特色，這是好作品遇上壞評論最倒霉的事情！

從來我沒有將評論視為功能性東西，而是一種藝術創造，在銳意開拓視界、論點和邏輯思維以外，也花了許多功夫鑽研「如何寫」的問題，從班雅明身上學習說故事（storytelling）的論辯技巧，從羅蘭．巴特的文本學習碎片書寫，從蘇珊．桑塔那兒學習比喻的層遞，此外，還有福柯那些三重否定句式的逆向思維，西蘇的抒情、阿當諾的冷峻，以及弗洛依德的內文與注釋互涉等等。除了論述技巧，句子和標點是文章的呼吸系統，為了舒緩激烈的論辯，會用長句跟短句交錯來營造休止的空位，為了加強某個論點或突出某些反駁，有時候冒險採用連綿的長句來構築迫切的語調，同時為了不讓語氣和節奏斷開，會減少介詞和助詞的堆疊。我一直很喜歡分號和破折號，前者比句號有更多脈絡上的彈性（既斷不斷、欲斷難斷），後者是層層轉折最好的間隔，而「雙破折號」更提供了補充論據的最佳位置；而近來開始試驗巴特式的括號，括在裡面的常常是一種反諷或自嘲！隨著成長或沉澱，每個時期都有風格的試驗和偏好，二〇〇五年開始動筆的《禁色的蝴蝶》跟二〇二〇年寫成的《獨角獸的彳亍》便很不相同，個人的變遷以外，城市的空氣、溫度和水分都不一樣，文字又怎可能是一塊千年沉積的石頭呢?!（其實我也喜歡問號與感歎號齊飛，字盲的語法大師和編輯請讓開！）

26.12.2022

引用書目——

- Terry Eagleton, "The Functions of Criticism," in *How to Read a Poem* (Oxford: Blackwell Publishing, 2007), pp. 1-24.

功利庸俗的評論機制

蘇珊・桑塔的〈反詮釋〉

一篇文章要經過幾次誤讀才能還原真貌？一些寫於一九六四年的概念要怎樣重讀才能反思當代的處境？這是我讀（Susan Sontag，臺譯蘇珊．桑塔格）的名篇〈反詮釋〉（Against Interpretation）時候反復震盪的問題！一九七二年有記者質疑桑塔要求讀者只單純從「美感經驗」（aesthetic experience）回應藝術作品，而不要依賴「智力經驗」（intellectual experience），還說桑塔抱怨當時過度理性的批評風氣，極力主張回歸純粹感性與快感的方向[1]。相隔五十年後，二〇二一年英國評論人派翠西亞．畢克斯（Patricia Bickers）在她的《藝術評論的終結》（*The Ends of Art Criticism*）一書中，抨擊桑塔的〈反詮釋〉提倡「形式主義」（formalism），割裂作品的背景與內容。對於前者的誤解，由於是訪問形式，桑塔即時反駁了，指出「美感經驗」與「智力經驗」並不互相對立，「美感經驗」也是「智力經驗」的一種表達；對於後者，早在二〇〇四年離逝的桑塔便無法回應了！細讀〈反詮釋〉，桑塔其實清晰地解釋了理論的出發點，乃針對當時盛行因馬克思主義與弗洛依德主義（Freudism）而來的文學教條，以及詮釋學

1. 見 Bellamy 的訪問，收入桑塔的對話集中，頁四十二。

（Hermeneutics）捆綁內容的批評方向，上列的記者和藝評人到底是有意攻擊？還是無心誤讀？我無法追溯懸案，但從這裡出發，不難看到文學或文學評論容易引起誤解，道理不是越辯越明，而是充滿糾結、隨意引用或扭曲，而這些又正是桑塔揭示的現象。

一、「內容」與「形式」割裂的詮釋框架

「文學」所為何來？〈反詮釋〉反對四條線路：第一是柏拉圖（Plato）建立的模仿論（mimetic theory），用以治理和支配藝術的價值，藝術模仿現實，但不是現實、也不能代替現實，不但無用而且不真實，是幻覺和謊言；第二是亞里士多德（Aristotle）強調的治療功能，目的是教化和淨化群眾。桑塔認為這兩套觀念一直主宰西方藝術的發展，藝術只為「再現」（represent）現實而來，也是它的功

2. 除了桑塔外，法國哲學家洪席耶（Rancière）也致力批判柏拉圖與亞里士多德的藝術觀念，可參考他的著作 *Dissensus: On Politics and Aesthetics* (New York: Bloomsbury Academic, 2015)。

Susan Sontag
Against Interpretation
and Other Essays

能和目的[2]，同時將「內容」（content）與「形式」（form）一分為二，相信有一樣東西叫做「內容」，可以從「形式」分割開來探討，而且「內容」的價值高於「形式」、也先於「形式」而存在。即使到了現代時期，「模仿論」或「再現論」依然盤踞藝術認知的核心，讀者和評論人認定藝術作品就是內容的表現，確信裡面有可供發掘的意義。

桑塔很明確的指出，她提出的「詮釋」（interpretation）並不是一般廣義或概括的定義，而是帶有特定法則的閱讀模式，她反對以「內容」作為唯一意義的文學解說，但那些評論人總常常要從作品拉出一堆元素，通過仿若「翻譯」（translation）的舉動來轉述內容，例如文本中有X、Y、Z的元素，而X就是A、Y就是B、Z就是C，但真的是這樣嗎？這樣的做法，是將「詮釋」變成「解謎」，用借代、類比、轉化的手法為作者「代言」！圍困在這樣的範式中，假設橫臥於文本與讀者之間有無法逾越的鴻溝，所以才需要一個權威的「詮釋者」（interpreter），幫助讀者揭露作品的真實意義，令艱深的內容能夠通曉明白，卻在這揭露和轉移過程上改變或改寫了文本！

來到當世的景觀，也就是桑塔處身的時代，情況變得更壞和複雜，詮釋者熱情洋溢而且充滿挑釁的攻略，企圖挖出「潛文本」（sub-text）而大放厥詞，造成錯置的結果，在這裡，桑塔提出她反對的第三和第四種線路：馬克思和弗洛依德的解釋系統。弗洛依德從精神分析角度指出文本有兩種：「表面內容」（manifest content）和「隱藏內容」（latent content），像發掘人類潛意識那樣，隱藏內容必須經過解說才能浮現出來；而馬克思主義則認為革命與戰爭等社會事件，是文學創作刻意寄寓、文學閱讀必須竭力揭露的領域；於是，沒有詮釋便沒有意義，明白內容就是詮釋的行動，而詮釋是為了重述現象，找出等同的效應。

「內容」與「形式」的二分法是香港文學教育慣常採用的手段，中小學的課堂上，老師講解無論哪一種文類，從詩、散文、小說到議論文，都在「內容大要」與「藝術手法」的框架下進行，前者關於主題、思想和故事情節，後者是各種修辭技巧的概括；即使進入大學或研究院，文學閱讀依然是千年如一日的封閉系統，那些經過年年月月寫成的論文，從古代到現代，都不外乎「作者生平、內容主旨、藝術風格、文學地位和影響」的套式及其變奏。落入當代很流行的科際「文化研究」（Cultural Studies），文學和藝術變相要附庸於文化而存在，學生努力追查作品的意識形態、社會功能、政治寓意，文學失去了主體、獨立和獨特性，淪為解釋世界現象的工具！此外，在孤立與割裂的操作下，管它是一篇小說、一部電影還是一首流行歌曲，發掘內容意義是首要的、也是唯一的目的，於是談小說的不講語言、談電影的不講鏡頭、談流行曲的不講音樂與歌手，最惡劣的情況是這些所謂「內容」研究，通常只是將作品從頭到尾複述一次，堆砌一堆形容詞或交代情節便完事了！這正好應驗了桑塔所言，「內容」作為詮釋手段，進而變成霸權和流行風潮，人人樂此不疲，還引為時尚！

二、詮釋的功利與庸俗主義

真正的藝術會令人焦慮不安，將作品簡化為內容是馴化藝術的策略，詮釋讓藝術變得舒適和容易管理——桑塔如是說，並且命名為「詮釋的庸俗主義」（philistinism of interpretation）——那是一種講求實利的功能：第一是文學必須可被解說，不可被解說的便沒有價值；第二，為了迎合這種市場需要，作家會書寫可供解說的套路，桑塔舉述的例子是湯瑪斯．曼（Thomas Mann）。第三是建立詮釋的流行範式，例如卡夫卡的小說可以從社會寓言、心理寓言和宗教寓言這三個模式出發，此外還有弗洛依德式的象徵主義（Freudian Symbolism）和馬克思式的社會批判（social critique），那是說，詮釋者為了證明某些解讀方法可行，而設定文本的內容（這也是上面桑塔提及評論人「改寫文本」的弊端）！

我很喜歡這個「詮釋的庸俗主義」的概念，一九六〇年代的境況，在眼前變本加厲的發展，最普遍的現象是無論創作還是評論都被（西方）理論牽著走，作家用各種理論來套用書寫，正如桑塔所說在文本中提供解讀的資料和結構。在學院方面，運用理論差不多成為文學研究的基本要求，卻刻意忽視和排斥其他論述方向，包括歷史文獻的爬梳、文本的內緣縷析、人文地景的實地考察或口述歷史的訪談等等；最糟糕的情況是許多學生根本沒有讀懂艱深的理論，或不讀原典，只瀏覽一些二三流的入門資料，最後不是張冠李戴的胡亂套用，便是賣弄地抛出一堆未經消化的術語，造成誤讀作品、錯置理論、甚至強姦文本的結果。回應上面桑塔的觀察，在當代成為顯學的心理分析和馬克思主義，讓文學研究不是強調某種意識形態（或政治正確），便是用作者生平來發掘私隱。我見過最極端的例子是借用弗洛依德的學說，分析李商隱詩中的性意象（sex symbol），凡是直線的像蠟燭便是男性象徵，凡是開洞的像門窗便是女性的象徵，文學解讀去到這個地步已經淪陷了！

桑塔說文本不是為了提供意義而存在，其實「理論」（theory）何嘗不是？理論也是文本，也有其衍生的脈絡及書寫風格，由一個理論家載入一個作家，中間經過怎樣的路徑？兩者的連接與異變是甚麼？評論人介入的位置在哪裡？都必須縷述清楚。桑塔又說真正的藝術迴避這樣的詮釋，或無法這樣被詮釋，於是無法被套用詮釋的作品一律會被否決，或被視為抽象、拙劣、不可解、裝飾性、甚至非藝術（non-art）。在眼前市場主導的潮流裡，不寫某種題材、不回應某些事態、甚至不擺放某個姿態，都很容易被視為「離地」或不合時宜；有時候是評論主導了寫作的選擇，作家為了能夠被論述和看見而投其所好；有時候是評論刻意甩掉不合市場話題和賣點的作品，認為「不值得」討論。不單當代文學如此，表演藝術也是！然則，我們可以怎樣？

三、經驗的透明度：藝術如何成為這樣

評論要如何平等對待文學而不是奪舍？桑塔提出要加強注意「形式」的問題，建立言說的語彙，做得好的論述是內容連著形式一起講，彼此融合沒有分離的界線，難題是許多人以為已經這樣做，但到頭來依然只複述了作品內容。桑塔認為具有對等價值的文學批評，應該能對藝術作品提出準確而尖銳的觀照，這樣比單純的形式分析還要困難。因此，她標舉「透明度」（Transparence）的層次要求，那是對事物通透的經驗，能帶出事物的本真，是藝術和評論最高和最能解放的價值[3]；接著她以否定的句式說明，我們不要冗贅或疊床架屋的行文，也不要將藝術同化於思想與文化的範疇，而是還原它作為文學存在的形相。桑塔說我們處身於過度生產和資訊爆炸的年代，漸漸麻木了感官的能力，因此必須再度恢復和

3. 桑塔的原句是："Transparence is the highest, most liberating value in art—and in criticism—today. Transparence means experiencing the luminousness of the thing in itself, of things being what they are." (Sontag, "Against Interpretation," p. 13)

磨練感官的經驗能力，「評論人」需要重新發現感受力、鑒賞力和敏感性（都是「sensibility」這個難於翻譯的字詞衍生的多重意思），學習多觀看、多聆聽、多感受，而不是急功近利的趕著發表言說，只有剪除不必要的修飾和動機，便能去除盲點，發現事物，這就是「透明度」的意思。最後，桑塔說藝術聯繫我們的生命經驗，所以文學評論的功能必須表明藝術如何成為這樣，甚至它就是這樣，而不是論述它的意義（The function of criticism should be to show how it is what it is, even that it is what it is, rather than to show what it means）。桑塔的〈反詮釋〉只有短短十二頁，儘管很精簡，結尾處卻爆放情感的魅力，她說：「In place of a hermeneutics we need an erotics of art」，以藝術的情色取替詮釋學，無論是創作還是評論，那是一個回歸人性感官的姿勢（也是學院教育最排斥的取向）！

這當世的科技和互聯網潮流，讓我們沉浸龐雜而海量的資訊，日夜追蹤，自以為邁開時代的腳步，其實是被牽著鼻子走，被吹噓成市場（或市場的碎片），形形式式的聲光電幻遮蔽了視線，使我們視而不見。桑塔詰問「藝術如何成為這樣」？應該是一切論述的基礎。常常跟學生說，評論不是複述故事大綱，而是解釋自己為何看到這樣或那樣的東西，觸動了甚麼？譬如說「梁朝偉很會演戲」，便必須論析梁朝偉如何懂得演甚麼戲？而不是堆砌一堆抽象的形容詞；或「也斯的詩很有香港本土意識」，也必須辨明也斯的詩怎樣構成哪一種本土意識？而不是抄襲一堆人云亦云的陳腐概念。桑塔說當讀者只是消費者的身分時，評論只為了迎合大眾而寫，便是倒模的形態，缺乏個體獨立思考的原創性；在眼前的香港，這種「消費者」有兩種，一種出現在社交媒體上，一種寄身於教育體制內。是的，學校和學院的教育很失敗，但喜歡文學的人總能跳出制度的框架，尋覓真誠的閱讀和論述方式，每一刻下筆（或敲鍵盤）的時候，詰問自己為何而寫？

2.8.2023

引用書目——

- Joe David Bellamy, "Susan Sontag," in Leland Poague ed., *Conversations with Susan Sontag* (Jackson: University Press of Mississippi, 1995), pp. 35-48.
- Patricia Bickers, *The Ends of Art Criticism* (London: Lund Humphries, 2021).
- Susan Sontag, "Against Interpretation," in *Against Interpretation and Other Essays* (New York: Picador, 1990), pp. 3-14.

拒絕溫柔的年代

札記《藝術評論的終結》

「終結」是一個流行話語，不知從甚麼時候開始，人們很喜歡講「終結」，包括一個時代、一個地方、一段歷史的終結。這是一本標題很嚇人的書，叫做《藝術評論的終結》（*The Ends of Art Criticism*），作者派翠西亞・畢克斯（Patricia Bickers）是英國專業藝術雜誌的編輯和藝評人，她在書的前言指出，面對藝術評論不斷被宣告已死或瀕死的風潮下，想翻出反向的論述：藝評不但死不了，而且還在佈滿危機之中勃發生機！事實上，英文書題的「Ends」具有多重意義，除了「完結」或「死亡」以外，還可以指向「末端」、「盡頭」、「限度」、「接連」、「終點」、「目標」等各種歧義[1]，套入當代藝術評論的境況，也召喚出這些相反相成的矛盾了。儘管書中的「藝術評論」以西方從古典主義到後現代主義時期作為歷史脈絡，中間尤其強調冷戰前後到當代的發展趨勢，集中視覺藝術（visual arts）的範疇，針對英國的機構和文化現象，但畢克斯仍然意圖建立一套放諸四

1. 臺灣出版的中譯本選擇了「終結」之義，見高文萱譯的《藝術評論的終結》（臺北：典藏藝術家庭出版，二〇〇二）。

海的評論法則。我便從這些法則出發，不在意破解迷思，只想以札記的方式，通過借來的言說，反思個人過去十幾年的藝評生涯，以及論辯香港的生態環境。

一、互聯網是評論的地雷區

在數碼科技和互聯網的推波助瀾下，成就了二十一世紀藝術評論的大量生產與流通，畢克斯對此充滿興奮和樂觀的期待，認為社交媒體不但有助藝評的普及，打破傳統紙媒的壟斷，而且能夠培養新銳的評論人和讀者，讓書寫和閱讀超越時空限制而傳達開去，迅速有效地即時回應展覽或演出的作品，從而產生深遠而廣泛的影響，達到多元共融的局面。她一直厭惡評論人以仲裁者自居，尤其是附加男性霸權意識之後，任意的褒貶常常帶來各種傷害和不公平的現象，她列舉歷史上一些因惡劣藝評而訴諸法律行動的例證，讀來的確讓人驚心動魄。科技改變了書寫和發表形態，以前要在紙本的藝術雜誌發表評論，必須講求資歷和人脈關係，但互聯網是一塊開放的領土，任何人都可以自由表達、隨時發聲，部分網絡平臺也有編輯和校對把關，確認雙方交流的意見，徹底翻轉了過去評論的威權

The Ends
of
Art Criticism
Patricia Bickers

時代——這是畢克斯欣喜樂見的變革！

我對畢克斯的美麗藍圖沒有異議，互聯網的平臺，無論是收費的、免費的、個人的還是機構建立的，確實提供了史無前例的討論空間，交錯不同的聲音，然而，網絡媒體也是一把雙刃劍，畢克斯沒有提及、也沒有意識當中的弊端和劣勢：第一，在網絡時代人人都是評論家的護罩下，到處氾濫沒有深思熟慮或論證基礎的言說，出現許多沒有理據、只憑個人喜惡的謾罵或人身攻擊，為了賺取流量和建立「意見領袖」（Key Opinion Leader, KOL）的江湖地位，不惜嘩眾取寵和扭曲事理來吸引視線。第二，為了順應網絡的即食形態，加速上載和消費，論述變得輕短淺薄，不求深入的論析，只販賣碎片化的「金句」，或以「星星」來評分，標明「長文慎入」變成自嘲或警惕的怪異現象。第三，部分網絡評述員（不是真正的藝評人）反對評論的「專業」要求、訓練和操守，認為「專業」就是權威或學院派，並以打倒被他們命定的「專業」為己任，致使深化的論辯更寸步難移！第四，更可悲的是一些藝團刻意吸引或培養一班死忠「粉絲」（diehard fans），利用互聯網合力唱好自己，推高票房以爭取下一輪的資助，同時排斥不同的意見，攻擊嚴正的藝術評論，抹黑評論人，變相是滅聲行動！第五，礙於藝術圈子的利益關係或人際交往，為了不去得罪同業同行，也為了不被點名攻擊，出現了許多匿名的網站，號稱「刜凳」（即入場後發現作品太差而用刀子破壞椅子洩憤的比喻）或「黑特」（Hate）專頁，由於不具名，表面是暢所欲言，實際上更加肆無忌憚的惡意批評，不但無助於通過論述來釐清事理，而且加強了不負責任的言論。這些低處未算低的現象，我只能根據有限的經驗翻出浮在網海浪頭的一些端倪，潛藏冰山之下還有更多複雜的人事糾纏、利益輸送、政治收編與商業操控，無法抽身的評論人只好逐步遠離藝術評論的圈子，而依賴網絡的讀者又慢慢加入當中的陣營，變成起哄者、寫手（或打手），煮一鍋塘水滾塘魚的濁流！

二、價值判斷的終極意義

藝術評論人不應該做價值判斷（value judgement），因為不單過時，而且有害——《藝術評論的終結》第二章開首的第一段這樣說，讓我很震驚，於是反復閱讀，既驗證自己沒有誤解，也尋找作者的理據。畢克斯認為假如評論涉入價值判斷，是帶著預設標準對待作品的結果，一旦作品無法滿足這些預設的期望或符合某些特定的框架，容易帶來負面的批評；她列舉歷史上許多有名的例子，畫評人帶著一堆繪畫的程式和規範，質疑那些不合符準則的畫作是失敗的，此外，為了方便評述，這些畫評人甚至設立評分制度的圖表，從顏色、構圖、光影、比例等逐項檢察。畢克斯說評論人不是藝術家，也不是法官和律師，而是最前端的觀眾，所以沒有權力用自己的價值觀念套在藝術家的身上，當然她也指出評論不可能完全沒有評價，但問題是「評價」不是藝評最基本的目的或唯一的功用，而是必須緊密扣連作品的背景和語境（context）。藝評人必須擔當創作人和受眾之間的橋樑，用評論建立溝通的對話，讓作品傳達更多的閱覽社群，這樣才有利文化生態的發展，因此，藝評必須具有滲透的作用，對大眾產生潛而默化的影響，帶領他們理解藝術。

在畢克斯層層推演的論述中，部分撥亂反正的概念確實帶有啟發的意義，例如藝術評論必須扣緊作品的時空脈絡和社會文化背景，藝評人首先是觀眾的身分才能平起平坐地對待他人，而且我也反對帶著預設的眼光或規則審視藝術，更遑論那些按照圖表評分的荒謬機制。我所不能釋懷的是作者認為藝術評論不應包含「價值判斷」，很難想像一個評論人會對作品的質素沒有好壞和優劣的判別，評論在描述、解說、釋義之餘，最高的層次便是提出終極評價，在橫切的共時性上帶出作品的時代景觀，在縱軸的歷時性上建立作品的歷史意義，這樣才能具體置放作品的存在形貌，及其成敗的關鍵。我們的城市流行說「沒有比較便沒有傷害」，但不能為了防止優勝劣敗的分野帶來評估的結果，而全面否定「價值判斷」的重要性；相反的，評論人戮力要做的，是為自己的判斷提出理智的分析和論辯的道理，只有批判而無理據支撐是無的放矢，也是評論的失職。評論關乎人，而評論人也是人，便不能避免通過知識、經驗、鍛煉和人生經歷，積聚而成一套屬於個人的價值系統，要求論述沒有評價根本是緣木求魚也本末倒置。或許，我和畢克斯最大的分歧在於對「評論人」這個身分的設定，她在書中由始至終都貫徹地堅持評論的「功能」，而不是本體的自主！

三、藝術評論跟文化研究合流的弊端

畢克斯說近年的趨勢，無論是政治上還是商業上，都逐漸將「藝術」（art）這個字詞，納入比較籠統和較少挑戰的範疇像「文化」（culture）與「創意」（creativity）之中，形成行情看漲的「創意工業」和精英主義的「文化藝術」。她勾勒二十世紀西方藝術的發展脈絡，應用物料的轉變、政治與戰爭的風起雲湧，都一直影響藝術的觀念與實踐，其中一個現象是評論人伴隨藝術家進入市場的機制，尤其是在一堆「ism」字尾的思潮與流派的撞擊下（像達達主義、超現實主義等等），畫家與觀眾逐漸分離，作品與大眾接收的鴻溝越來越大，評論人擔當了解釋和溝通的中介者。冷戰結束後，政府以資助者的角色參與藝術，藝術家被「文化或創意產業從事者」的身分代替，作品被製造出來的意義是甚麼？藝術與非藝術之間的分野在哪裡？這都是新一代評論人必須處理的議題。處身當代社會，藝術評論的危機是「被制度化」（institutionalized）了，對一切機制和假設不加挑戰，跟創作者、策展人和主辦機構一起服從於監護或照管的系統中。畢克斯以英國為例，指出自上世紀八十年代開始廢除藝術專科學校、裁減人文學科與藝術教育的資源，到千禧世紀後投放大量資源推動科學、科技、機械工程和數學等學科，部分機構甚至推出文化管理、創意產業的課程，取替原有人文與藝術的訓練，使其萎縮或消失，大學在附和政府這套帶有監察意味的策略下，一起共謀控制藝術的獨立和自主的發展，像那些「旅遊工業」（the tourism industry）的概念，簡直是回歸維多利亞時期「為生產而藝術」（art for manufacture）的保守意識。

畢克斯不同意將藝術評論粗糙地納入文化評論的範疇去，因為簡化地用「文化」歸納「藝術」，並不能解決藝術作為藝術的問題，誰人定義甚麼「是」和「不是」文化？文化關乎現狀，但藝術家往往需要對文化做出反思和質疑，而不是被收編其中，而評論人更加需要介入當中的異議和挑戰。因此，要解決藝術與受眾之間的鴻溝，並不是讓藝術在文化中瓦解，或借用「創意」來狂熱起哄；作者反對抹平差異、去除技法的關注、拔除藝術的顛覆性等做法，使之符合大眾的口味，跌入安全和舒適的區域，成為精英的體制。最後，她引用裝置藝術家達拉・伯恩包姆（Dara Birnbaum）的說話：「藝術不能拯救生命，但它可以拯救靈魂！」基於這個理由，大眾更不應該容許以文化的概念代替藝術的存在。

畢克斯展示的版圖很有反思的意義，讓我讀來很有熟悉的感覺，像藝術評論被簡化地收編於文化研究的科際下，大學縮減人文學科的課程、收生和教席，將「創意」視為（賺錢的）「產業」推行，策展人的角色混和或代替藝評人的位置等各種現象，這些年也在香港隨處可見，並逐漸被視為理所當然的規律。其實，「創意產業」（creative industries）是兩個矛盾語的合成，創意的基礎是自由、獨立和批判，而產業卻是講求成本與利潤的扣連機制，彼此恆存的衝突很容易讓創意被消解或妥協了，或將所謂「創意」包裝出售，直接影響藝術創作和撥款資助的環境生態。此外，香港的大學藝術教育本來已經處於邊緣的弱勢，在社會講求功利和實用的趨勢下，如果不變身或增值而成應用的科技，便會遭受淘汰的局面，或索性併入其他學科而聊備一格；被收入「文化研究」之後，藝術評論往往著重分析作品的主題思想，大部分學生都無法處理「藝術技法」的問題，有時候是因為教的人也不是藝術專業，有時候是因為文化研究其中的核心是意識形態批判，於是只應用同一套理論闡釋電影、繪畫、舞蹈、戲劇、音樂等不同藝術，寫成千人一面的論述。

四、評論不是藝術與被消失的藝評人

講了這許多關於「藝術評論」的理念，到底甚麼是「藝評人」（Arts Critics）？畢克斯引述希治閣（Alfred Hitchcock，臺譯希區考克）的名言「評論人消失不存在」（The Critic Vanishes）來做開端，說明這個身分的當代危機；她還舉例說雜誌編輯是當中的發動者，不是刊登沒有名字的論述，便是在引用評論觀點的時候不署名，只用「作者」（writers）、「策劃人」（curators）或「學術頭銜」（academic titles）來概括評論者是誰！這的確是讓人氣餒的現象，香港的境遇是一些藝團重演經典劇目時，會借用藝評人寫過的讚譽或評語來做宣傳，但往往只列出刊登的報刊名字、機構，或索性只寫「藝評人」三個字，彷彿寫出論點的不是一個「人」，而是一個「單位」！另外，一些評論人在引述其他藝評人的論點時，則喜歡採用「有人說」、「有評論者認為」的敘述，藝評人變成沒有名字的物種！我也曾經被這樣對待，論述的字句被置放在一個「單位」的欄目下，或化身無數「有人說」的存在，而我一直不明白這種種「忌諱」藝評人名字背後的因由，我還以為只有不重視評論的香港才會這樣，原來卻是普世的經驗！

畢克斯立場鮮明的指出藝評絕對不是藝術，同時也排除了那些多重身分的評論人，像作家、畫家或作曲家寫成的論析，她沒有解釋排除討論的原因，只嚴厲否定任何帶有實驗性質或形式技巧的書寫，例如用小說體裁寫成的藝術評論，根本跟原有的藝術作品無關，只是作家個人的表達而已。似乎對畢克斯來說，「藝術評論」是一個獨立文類，不能跟文學或藝術創作任何一個類別混淆或重疊，「評論人」是一個專業身分，即使畫家書寫論述，必須跟畫家的個人隨筆、散文或筆記不同，而是從「評論」的基本要求出發和達成，那是她在整本書中強調的三個重點：第一是必須將作品置放於政治、經濟、社會和心理等各項背景脈絡之中，建立連結的思考；第二是批判意識，而不是「創造性」；第三是跟讀者或觀眾溝通，開啟理解藝術的渠道。基本上我很同意畢克斯這三項嚴謹的準則，那是論述的基石，只是我不認為「評論」不是藝術，或兩者之間沒有跨界和融合的可能；或許我和她有身分差異，作為一個文學創作者，我甚至覺得以詩或小說的形體書寫藝術評論沒有問題，也不是一件不可能的事，或應該受到阻止或禁絕，而是值得跨界的嘗試。「跨界」的下一步是「拆界」，拆掉一切自設的規條，所有優秀的書寫都不應該被規限、被框架，「跨界」或「拆界」是考驗文字能力的挑戰，端看寫作人能否游走不同的界面、科際、邊境或領域，寫出具有「創意」的論述；是的，論述也必須有創意，否則便是人云亦云或老生常談。有時候，我覺得深刻而寬廣的評論，是可以超越被論述作品本身的價值和意義，尤其是面對壞作品的時候，將論述切入當世的時代觀照，給予讀者洞照世界的視野，那已經無須固執界分到底是藝術評論還是藝術創作了！

五、走過藝評生涯的危機與轉機

《藝術評論的終結》宣揚的正是跟書題相反的信念，畢克斯認為藝評的危機便是它的轉機，而且必須處於危機之中才能不斷蛻變和生生不息，因為無論藝術還是評論，必須恆常對我們處身的社會和世界作出挑戰和批判，沒有危機就是死水一潭或被噤聲了！翻閱這本薄薄的書，思量自己處身的地方，對藝術評論的關注是甚麼？如何對待藝評人？莫說爭議藝評到底是不是藝術，便是評論這個「人」到底是怎樣的面貌和個性、或設定了怎樣的書寫方法和技藝，從來都不是議題。二〇〇五年我開始進入這個領域，從主持電臺節目到書寫藝評，仿若在一條傾斜而崩缺的樓梯上上落落，在危機與轉機的交替下彳亍前行。

二〇〇八年我仍是香港電臺廣播節目《演藝風流》的主持，由於在節目中批評了某個劇場作品有性別歧視而得罪了人，一班資深的藝評界前輩想將事件化為有建設的討論，於是在牛棚開了論壇，邀請被批評的劇場人一起交流或釐清概念。這位劇場人帶著另一位跟事件無關的創作人前來，原以為想一起深化和拓闊論述的寬廣度，誰知道還沒有開始討論，對方便用非常雄壯的聲音開罵，在場的前輩試圖緩和氣氛，但對方竟然採取肢體暴力的行動，跨上了木枱，揮動手臂試圖攻擊一位女藝評人，她嚇得臉色蒼白的僵坐原位，另一位男藝評人立即走上去擋在前面，而我也本能地後退……忘記事件如何結束，但這次的打擊很大，要不要停了節目不再做藝評？不想屈服於霸權，但又不知道解決的辦法，於是《演藝風流》暫時不評論劇場演出，轉而只集中討論舞蹈作品，這是我開展舞蹈評論的契機，但「契機」其實來自「危機」！當年被攻擊的錄影曾由主辦單位放在網絡頻道上，輾轉這些年影片已經下架了，而被批評的劇場人轉而做非常通俗的路線，用嘩眾取寵的造型和對白繼續歧視女性，慢慢外邊的人也看得清楚明白了！

輾轉這些年，藝評人與劇場人之間的張力仍以各樣形態時有風雨，然後在社交媒體的浪尖上出現了一系列匿名形式的劇場「鎅／㓥凳」專頁。起初我並不明白這些專頁的意義，對於當中部分帶有人身攻擊成分的言論也很不以為然，漸漸地這些專頁停了又開，內容開始有點不一樣，雖然仍有很粗疏或攻擊性的言詞，但也出現了一些有理有據的評述，而且看得出是來自業界或舞臺工作者、甚至評論人抒發的心聲。為何舞臺演出的批評不能具名的、公開的言說呢？正當仍想不明白的時刻，二〇二三年春季，我在「臉書」上發表了對一個劇場作品的負面論述，又被攻擊和抹黑了，那是一個經典小說的挪用和改編，卻刻意刪除所有事件背後的政治脈絡，只架空地談情說愛（後來發現是改編者自我審查）；由於我的論據很清晰而實在，攻擊者轉而謾罵我沒有在取得版權下引用劇照來分析舞臺設計。在被罵的日子裡反復思量，假如當初我的負評以匿名形式發表在「鎅／㓥凳」

專頁上，是否便可以避過被羞辱的際遇？二〇一九年來了又結束，在現實的政治紅線與疫情閉關的情勢下，香港的舞臺創作經歷前所未有的難關，本來以為惡劣的環境會帶來團結，但可能由於演出加倍的不容易，更加導致劇場人與評論人之間的對壘，彼此變得更加敏感和脆弱，真實的評論更加步步荊棘，不是踩著政治的地雷（例如文字被禁止發表），便是遭受藝術團體的排擠（開名的謾罵或指桑罵槐）。部分評論人轉移以「組群」形式不公開的討論，或繼續化身「鎅／刜凳」專頁的發言人。我開始明白每個人都在圍自己的爐，爐頭越來越多變成山頭，如果不能成為自己人，便是敵人，而作為「獨立」的評論人，拒絕以寬容縱容平庸，我只好選擇飄離！

結語：無法溫柔的評論

當世香港這個城市，要的只是評論人的觀點及其帶來的效用和發表功能，至於這些論點到底怎樣構成、或隱藏了評論人甚麼樣的個體，如果不是冷漠對待，便是無從認知！二〇二三年夏天在網上讀到一篇呼籲，要求評論人要「溫柔敦厚」、要採取「非批評」的角度、要顧及被評論對象的脆弱感受（差點以為評論人兼任保姆的職責）！這些看法，犯了兩個邏輯謬誤：第一，正如前面所言，「評論」最高的層次是價值判斷，沒有判斷的論述大抵只能重複作品內容或時下流行的說法（外加一個圍爐取暖的姿勢），而這些價值判斷不單需要個人的視野，而且必須尖銳敏捷，不能是「和稀泥」！當然有人認為「高／低、優／劣、好／壞、成／敗」等分野都是二元對立，但這個問題可從兩面看：首先，二元的價值判斷能否確認，端賴中間有沒有論證的過程，而論證便是提供判斷的基礎；其次，有時候在大是大非的面前，並不容許中立或中間派的曖昧不清，必須是其是、非其非，半點不含糊！第二，評論不是為了服務被評論的作品或劇場人而存在，它面向的首先是複數的讀者（即抽象的大眾），論述的是文化、社會或藝術現象，必須直入核心、橫切刀面、斬開迷障，尤其是在後真相的世紀、混淆視聽的年代，評論不夠「硬朗」的話，很容易被權力、體制磨蝕和收編，包括那些聽不得負面批評的團體和藝術工作者！還有更重要的，評論也是藝術文類，評論人作為個體的創造者，才是任何一篇評論的真正主體，他／她的言說是他／她的存在價值，言說的方式就是美學的取向與合成，經歷一些時間之後，任何一篇評論跟被評論的對象更加沒有必然的關係（除非是優秀的作品超越了時空變成經典），因為它已經屬於一個時代和一個地方的紀錄！對於殘酷的時代和地方，我無論如何都溫柔敦厚不起來了，對於無法承受我那些殘酷論述的人，則比較簡單，無視就可以了！

2.9.2023

引用書目——

・Patricia Bickers, *The Ends of Art Criticism* (London: Lund Humphries, 2021).

不合時宜與透視黑暗

阿甘本論「當代性」

人們喜歡說「當代」，當代藝術、當代意識、當代歷史，甚至變成一個可以隨意鑲嵌的形容詞，跟國家、地區或任何事物連在一起，像當代法國、當代中國、當代臺灣、當代社會、當代明星等等諸如此類。然則，甚麼是「當代」？當然，它是一個時性，意指我們目前身處的時間和空間，但它的深層意義到底是甚麼？我們如何對待和連結才能真正的活在當下？在藝術創作和評論的範疇裡，它是怎樣的存在形態？可以抓捉嗎？意大利哲學家喬治．阿甘本（Giorgio Agamben，臺譯喬吉歐．阿岡本）有一篇短小精悍的文章叫做〈甚麼是當代人？〉（What Is the Contemporary?），原是二〇〇六年到二〇〇七年間他在威尼斯某大學就職典禮的演講，日後卻成為切入「當代」論述的重要文獻。我讀的英譯本只有短短十頁（中譯本有許多錯誤和刪節），卻像一把匕首那樣尖銳地割開時代的傷疤，不得不逼視當前的生存與文化境況，翻轉了思維，同時也帶來思考的陣痛，以及陣痛後舒緩的療癒！

一、不合時宜與時代錯置

阿甘本開宗明義便提問：「我們是怎樣的當代人？」（Of whom and of what are we contemporaries?）然後引述羅蘭・巴特的話語回答：「當代人就是不合時宜」（The contemporary is the untimely），那是不適合特定場合和時間的人；接著他又借用尼采的闡釋，說要成為當代人「這種思考本身就是不合時宜」（This meditation is itself untimely），因為這種人將時代引以為豪的東西一律視為疾病、殘障和缺失，便注定無可避免被否決和排斥。基於這些前提，阿甘本對「當代性」（contemporariness）的第一個定義是「不合時宜」（untimely），指出真正的當代人不與時代吻合、也不順應時代的需求，他們徹底是不相關、不切題和毫不相干（irrelevant）的人；然而，正正由於他們跟時代斷開連接，才比其他人更能抓住當下，這種不合時勢並不代表活在其他時空，這些人不過是鄙視那個既不能改變又無法逃避的時代而已。所謂「當代性」，是一種跟自己處身時空的奇異關係，既黏附其中、又刻意保持距離，說得確切一點，是通過不一致的相悖而跟時代黏結一起的狀態，是一種「時代誤植」（anachronism），因為越配合時代一致的步

GIORGIO
AGAMBEN
NUDITIES

伐，越無法看清周遭的景貌，相反的，越能對時代視而不見，才能安放自己的位置。

阿甘本說的「不合時宜」，令我想起了村上春樹的故事人物，他的早期小說像《聽風的歌》、《發條鳥年代記》和《舞舞舞》，總常常讓孤獨的主角一人待在房間裡自言自語說自己「不合時宜」或「不合潮流」，彷彿精神錯亂，其實是遺棄世界或被世界遺棄了！我將阿甘本的理論延伸，發現「不合時宜」有四種面向：第一是對抗潮流的姿勢，不遷就、不同化、不妥協，也不被馴化；第二是時代錯置的遭遇，跟世界的走向背道而馳、跟發展的局面格格不入；第三是保存自己的方法，讓真我不被扭曲和異化；第四是觀照的距離，站在遠處保持不一致，才能看清現實和批判現象。落入藝術的創作和評論，便是如何書寫自己的時代？看到了甚麼？如何看？是潮流給我們看的？還是自己撥開煙塵看到的？

二、透視黑暗與書寫朦朧

「當代性」的第二個定義是「透視黑暗」（perceiving the darkness）。阿甘本引述蘇聯詩人奧西普．曼德爾施塔姆（Osip Mandelstam）的詩〈世紀〉（The Century），借詩人與時代的關係，指出時間有兩種：個人的和集體歷史的，當時代的脊骨斷裂了，便必須依靠詩人來縫合傷口、焊接分崩離析的世道，那是一種能夠透視黑暗的力量。阿甘本說，我們應該凝視的不是時間的光亮，而是黑暗，時代總是混沌迷糊的，具有當代意識的人能夠透視黑暗、書寫朦朧。他從「神經生理學」（neurophysiology）的角度出發，解釋每當亮光消失的時候，我們的視網膜會啟動它的「雙極細胞」（off-cells），將「黑暗」帶入視域之中，換句話說，所謂「暗黑」，原是視網膜的產物，是視覺的一部分！將這個原理落入「當代性」的論述，阿甘本說透視黑暗不是被動的行為，而是一種自發而卓越的能力，可以經由訓練而來，而這種透視能力，並非要跟光明分離，而是要在視野朦朧中辨別暗影！因此，我們必須一方面不被時代之光蒙蔽而盲從附和，一方面要在驚鴻一瞥之中發現那些搖晃的影子，只有眼睛不斷承受時代黑暗擊打的人，才能稱得上是當代人！

「明亮」與「黑暗」是互相映照的關係，阿甘本再借用「天體物理學」（astrophysics）的道理解釋，由於光速太快，無法同步到達我們的眼前，於是我們所看到的黑暗，其實都是無法接觸我們的光線，因此，透視「現時」黑暗的行動，其實是凝視正在努力奔向我們、卻又未曾到達的光，它正在遠距離以外走向我們，那是黑暗時代背後的光明——成為當代人，阿甘本說：首先和最重要的是「勇氣」（to be contemporary is, first and foremost, a question of courage）！阿甘本說的「黑暗」，對我來說是「迷障」，而且分成內外兩種：外在的是世界的烏煙瘴氣，佈滿蒙蔽、誘惑、謊言、錯誤訊息或功利計算；內在的是個人的盲點與負面的人性，自我的區域太大，塞滿偏執、愚昧、淺薄和虛偽，容不下他人和異見——作為當代人，必須要能打破這兩種迷障，才能透視時代！然而，有了「不合時宜」的姿態，具備「透視黑暗」的能耐，那麼，「當代」在哪裡？阿甘本說在「已到又未到」之間！

三、「不再」與「尚未」之間的歷史生成

給「當代」的時性下定義，阿甘本又發揮乾坤大挪移的應用功力，這一趟被

轉借的是「時裝潮流」。如何界定「時裝」的流行？那是正在開展的時候便已經成為過去，即所謂「方生方死」，即時流行也即時過時！阿甘本強調時裝潮流這種特性，使它跟「當代性」產生了聯繫，我們說的「現在」（present），是將時間劃分為「不再」（no more）和「尚未」（not yet）兩個階段，那是建立跟其他時間的所在，包括「過去」（the past）與「將來」（the future），串連起來便得出這樣的公式：在不再與尚未之間，跟過去和未來建立現時的關係！以「時裝」作為換喻，將過去的風格和款式（例如一九二〇或一九六〇年代）再生、循環和重新召喚，注入新的活力，於是曾經死在過去的便悠然復生了——這就是「當代」跟過去連結的狀態了，在這裡，阿甘本提出「具有歷史生成的當代」（it is contemporary with historical becoming）。那是一種既遠且近的距離，「歷史」在眼前浮現，所謂「傳統」或「遠古」從來沒有跟現代或當代斷開，而是一直藏身於現時的時態上，端看我們有沒有發見，有時候一些觸及之物，會讓我們回到一個從未到過的現時上！阿甘本的論析看似矛盾，其實是打破二元對立的時空概念，他舉「911」事件倒塌的遺址作例子，站立紐約的海岸邊，凝視這些建築物，過去曾經發生的災難便會湧現腦內，這便是「具有歷史生成的當代」——我們從來都不能自絕於過去，而且生存或存在讓我們每一分秒都成為過去，因此，每個「現時」也連著上一刻的現時、再渡向下一刻的即將到來，能夠掌握這種「時性」的便是當代人！

這樣看來，當代的「時間」並不是單向和直線的，而是分裂成許多碎片，阿甘本稱之為「解除同質性」（dishomogeneity），當中包含停頓、中斷、遲緩與懸置。作者再引用曼德爾施塔姆的詩句和比喻，指出當代人在敲碎了時代的脊骨以後，眾多的「時間」交匯在一起，他便能在其中建立自己跟不同世代的相遇點，這是彌賽亞的時間（messianic time），即當下的時間（time of the now）、也是一種「時機」（karios），在不確定和隨時來臨的間斷中，將過去每一瞬間連結自身，使聖經歷史每一刻都能預示目前的當下[1]！因此，當代人不單能夠透視黑暗、抓住從未到達的光影，而且能夠分隔和插入時間，轉化和連結不同時性之間的關係。

四、反向年代記的歷史生成

阿甘本說當代人活在「已到」又「未到」的現時，時間以碎片的形態不斷壓縮和轉化，這是很有意義的啟發，「當下」既不分離於歷史，而人是其中的串連者，走在時代的裂縫裡，詰問自己從何而來?!於是，我想起了陳浩基推理小說《1367》的敘述結構：「反向年代記」（reversed chronology），那是從今天當下這一刻出發，回溯上一個時段，再在這個上一個時段，再回溯之前的時段，如此類推；於是我從二〇二四年開始，向前尋找反向的年代，便是「二〇一九↓二〇一四↓二〇〇三↓一九九七↓一九八四↓一八九八↓一八四二」了。[2] 無論是香港人還是

---

1. 在這裡，阿甘本沒有詳細解說「彌賽亞時間」，對相關理論有興趣的讀者，可以參考他另一本著作 *The Time That Remains: A Commentary on the Letter to the Romans*。
2. 二〇一九年是反對《逃犯條例修訂草案》運動，超過二百萬人上街遊行，導致二〇二〇年推行《國安法》。二〇一四年是「雨傘運動」，為了爭取「真普選」而衍生「和平佔中」的公民抗命運動。二〇〇三年 SARS 疫症導致七百幾人死亡，而「反 23 條立法」又帶來超過五十萬人遊行的抗爭。一九九七年是香港結束英國殖民、移交中國大陸管治的「主權易轉」時刻。一九八四年中英政府通過「聯合聲明」，在「一國兩制」和《基本法》的原則下，將香港轉交中國大陸的政治決定。一八九八年是清政府簽署「展拓香港界址專條」，將新界地區租借給英國九十九年，至一九九七年歸還，埋下「香港九七」的歷史問題。一八四二年鴉片戰爭失敗後，清政府簽署《南京條約》，正式割讓香港島給英國。

外來者，總對這個城市有許多誤解，皆因源於不理解歷史發展的脈絡與線路，卻帶著個人內在的迷障，迷失於外在環境的煙霧瀰漫，視野益發充滿雜質、沙石和錯視，自然無法在現時的時態上，看到歷史的生成！不錯，歷史總在循環的兜圈，災難不變，戰爭持續紛擾，但追認歷史卻能幫助我們尋找路向，甚至生存的方式，例如從細讀五胡亂華的紛爭、兩次世界大戰的因果、臺灣威權時代的白色恐怖、香港的社會運動與後殖民景況等等，讓我們認知以前的人到底是怎樣走過黑暗的日子？而我們又可以如何建立自己的活路、並且走向未來？這或許便是阿甘本提出「具有歷史生成的當代」的核心意義：回溯過去是為了了解今日自我的生成，同時導向即將到達的進程！

閱讀阿甘本的日子，香港的文學、文化與藝術爭議繼續在網絡上風風火火的燎原，站在既遠且近的位置，徘徊於理論與日常實踐之間，我也在尋找能夠透視的光源，縱使想法和行動有點不合時宜，但也生成了這個充滿局限的自我。在迷障裡撥開煙塵，我看到了許多無法修補的裂縫，如果問香港的「當代性」是甚麼？以前會說是「後九七」，現在已經是「後二〇一九」，時代真的夠倉促了！它的「時性」一路走來迂迴崎嶇，所謂「後二〇一九」，包含了「反修例運動」與「新冠肺炎」兩種「復常」的時態，是一個創傷覆蓋另一個創傷的歷史命運，時代的脊骨斷裂兩次，比亞洲任何一個地區經歷還要雙倍嚴峻而沉重的境遇。在這種風景瘋狂疊換的節奏裡，如何書寫這個城市的當代面貌，便不能避免一種既壓縮又遲緩的矛盾狀態——「壓縮」是因為恐怕來不及記錄，歷史會被遺忘；「遲緩」是因為急促的變動令理解和體會滯後，無力也無法整理！

五、「後二〇一九香港」的時代斷裂

「後二〇一九」的香港是一個斷裂的世紀，也是一個流散的區域，留守的和離開的人有時候變成分裂的族群，不是沒有相互聯繫的團結，卻有更多分崩離析的對立！常常聽到一句話：「現實不是這樣的，你不能代表我！」「你不在現場，沒有資格書寫那個經驗！」這些群體之間的缺口、內耗、分化和撕裂的現象，由二〇二四年六月前進進劇場的作品《月明星稀》推到浪尖，導演陳炳釗以香港、倫敦、柏林等多個地點的離散故事，探討停駐與漂流的生活情境，以及「命運的共同體」，卻引發留港者與離港者爭議的局面。旅居德國又往返香港的劇場導演甄拔濤在《明報》發表評論，指出「陳炳釗的文本努力想接近、連結、重構離港的人的處境，卻恰恰示範了留港的人和離港的人互不理解的鴻溝。」又說：「無論留港、離港的，其實我們都已經走了很遠的路。這點是我們不想承認，同時無法不承認的事實。留港的人無法想像離港的人的困境。同樣，這幾年的爭拗、討論，有時都見到離港的人也不了解留港的人的困境……離港的人、留港的人早已分道揚鑣了。」最後他寄語無論留港的還是離港的人不必勉強了解對方，在各自的地方做自己能做的事情便好了。另一位劇場創作人袁潔敏延伸討論，在承認留守者與離散者互相了解的不可能之餘，提問「我們於過去五年經歷鉅變之後，還該如何敘述香港？」她認為「香港的韌性就在於它從來不是一個容易下定義的存在：浮城、消失中的、處於混雜過程中的……」而彼此應該從生活的細節裡重新建立自己，即使想像有偏差，仍可以持續溝通、修正敘述，而不是強行無情的割捨和放棄。

事隔四個月，臺灣雜誌《文訊》在臉書投下另一個炸彈，一篇題為「一九九〇後臺灣作家評選紀錄」的貼文，因著一位評審的說話：「來到臺灣的學子們失望了，留在香港的青年被馴化了，名單中這些香港作家非常珍貴」[3]，引發香港文學工作者洶湧的反駁與迴響，事件經由《文訊》總編輯發出道歉聲明後落幕，但震央仍在而餘響不斷。「馴化論」的出現，顯示了臺灣一些評論人或創作者不熟悉「後二〇一九」的香港境況，只憑個人臆測、預設的推論或一些媒體簡化的報導而生成錯誤的認知，而在香港網絡社群激盪的爭端和不滿，也浮現了這個地方這些年來積壓的浮躁，對於被誤解的標籤瞬間燃燒憤怒的情緒。事實上，從二〇一九年的社會運動，到二〇二〇年長達三年的防疫政策，在香港承受創傷和隔絕的並非只有青年階層，而這些年持續地書寫香港、出版著作的也涵蓋老中青不同的世代。我明白《文訊》要推許一九九〇年後香港年輕的作者群，尤其是已經移

3. 這是《文訊》在二〇二四年十月五日臉書貼文的原有句子，十月七日刊出「更新／致歉啟事」後，便更改了貼文內容，加添了括號內的字詞，企圖稀釋及緩和爭議：「來到臺灣的學子們（未來可能）失望了，留在香港的青年（未來也可能）被（迫）馴化了，名單中這些香港作家非常珍貴」。為了配合原初爭議的面貌，以及忠於當時回應的文獻，我採用原有句子作為論辯的根據。

居臺灣的，可是，第一，沒有必要貶斥因著各樣理由無法離開，而必須繼續留守香港的年青人，第二，也沒有必要只用一個年齡階層便概括了「香港文學」的成就或面貌，同時忽略或無視其他世代的書寫者，他／她們當中有曾經承受國安法的審查、有得獎了的作品被否決和下架，但仍然在狹小而黑暗的縫隙裡尋找寫作的靈光，相對來說，這些堅持不是更加值得重視和推許嗎？世代有世代之間的鴻溝，地域有地域之間的隔閡，香港的「當代性」充滿斷裂，不單是時性上的，也在於世道人心的溝通和諒解。

結語

留守者與離散者的裂縫，局內人和局外人互相誤解，書寫一個地方總是困難的，看得太近或走得太遠都會影響視野！我不同意不在那個現場便不能書寫那個經驗，否則許多人道關懷的反戰文學便無法成立，我只是無法接受販賣創傷、虛偽陳述、或代言他人痛苦來賺取光環的做法，這是寫作倫理的操守問題，落入文字必然浮現情性與人格，敏銳的讀者自會辨別，況且，在記錄時代、對抗遺忘的行動上，多一人書寫便多累積一份力量！然而，時代的斷層裡無可避免溝通的失陷，我們必須學習承受誤解或不被看見，假如我們不寫「二〇一九後」的創傷、不講抗爭，可以嗎？會被關注和看見嗎？當射燈不在，我們不在光圈下，四周一片黑暗，我們如何堅守自己的位置？回應阿甘本「時代的脊骨碎裂了」的比喻，這座城市到處裂縫，夾縫中仍有許多不被注視的人、不被報導的社會階層、不被吹噓的生活情貌、不被應許的掙扎求存，該怎樣看待和記錄？如何在不被看見的黑影下繼續堅忍地創作和評論？或許這才是我們能夠守住的位置。面對壞時代，創作者需要撥開迷障、開通視野的覺醒，既跟世界保持距離又時刻介入，抓住方生方死、瞬間閃逝的靈光，讓作品走過也穿越時間；而評論人也需要洞察作品與時代交織糾纏的關係，跨越文化的邊界、溝通的障礙，織入自己的位置，建立流動的觀照。創作包含對世界和生活的論述，而評論蘊藏再造與更替的能量，都是「藝術」的構成，不是依附、而是彼此平等的共存——時代遍地磚瓦，透視黑暗是一種優雅！

7.11.2024

引用書目——

- Giorgio Agamben, "What Is the Contemporary," in *Nudities*, David Kishik & Stefan Pedayella trans. (Stanford: Stanford University Press, 2011), pp. 10-19.
- 李禹萱，〈1990後臺灣作家評選紀錄〉，《文訊》臉書，二〇二四年十月五日，https://www.facebook.com/share/p/15EwAvhZEh（二〇二四年十月五日瀏覽）。
- 袁潔敏，〈離散未過時：由《月明星稀》討論延伸〉，香港：《明報》「星期日生活」，二〇二四年七月七日，頁十。
- 甄拔濤，〈雖已分道揚鑣，仍可藕斷絲連：由《月明星稀》談起〉，香港：《明報》「星期日生活」，二〇二四年六月三十日，頁九。

不合時宜的群像：書寫理論的獨行者

作者｜洛楓
責任編輯｜鄧小樺
執行編輯｜余旼憙
文字校對｜黎思行、呂穎彤
封面設計及內文排版｜陳恩安

出版｜二〇四六出版／一八四一出版有限公司
發行｜遠足文化事業股份有限公司（讀書共和國出版集團）
社長｜沈旭暉
總編輯｜鄧小樺
地址｜103 臺北市大同區民生西路 404 號 3 樓
郵撥帳號｜19504465 遠足文化事業股份有限公司
電子信箱｜enquiry@the2046.com
Facebook｜2046.press
Instagram｜@2046.press

法律顧問｜華洋法律事務所 蘇文生律師
印製｜博客斯彩藝有限公司
出版日期｜2025 年 4 月初版一刷
定價｜380 元
ISBN｜978-626-99238-6-1

有著作權・翻印必究：**如有缺頁、破損，請寄回更換**

特別聲明——有關本書中的言論內容，不代表本公司／出版集團的立場及意見，由作者自行承擔文責

國家圖書館出版品預行編目（CIP）資料｜不合時宜的群像：書寫理論的獨行者／洛楓作. -- 初版. -- 臺北市：二〇四六出版：遠足文化事業股份有限公司發行，2025.04｜288 面；14.8×21 公分｜ISBN 978-626-99238-6-1（平裝）｜1.CST: 世界文學 2.CST: 文學評論｜812｜114003564